海外小説 永遠の本棚

彼らは廃馬を撃つ

ホレス・マッコイ

常盤新平＝訳

白水uブックス

THEY SHOOT HORSES, DON'T THEY?

by

Horace McCoy

1935

彼らは廃馬を撃つ

被告
は
起立
しなさい

1

《私は立ちあがった。桟橋のそのベンチにすわるグロリアへ一瞬もう一度、目をやった。弾丸は彼女の頭の横に命中した。血は流れもしなかった。拳銃の閃光がいまだにその顔を照らしていた。何もかも真昼のように明白だった。彼女は完全に力を抜いて、安心しきっていた。弾丸の衝撃でこちらからわずかに顔がずれてしまった。横顔が完全に見えたわけではないが、その顔と唇を見て、微笑をうかべているのがわかった。彼女が太平洋の岸辺のそのベンチであの暗い夜に、残忍な殺人者をのぞけばただ独り、友もなく苦悶のうちに死んでいった、と検事が陪審員に語ったとき、彼はまちがっていたのだ。人間があやまちをおかすこともあるようにまちがっていた。彼女は苦悶のうちに死んでいったのではない。彼女は気持ちを楽にして、心やすらかだったのであり、しかも微笑をうかべていた。彼女の笑顔を見たのはそれがはじめてのことだ。だから、どうして彼女が苦しんでいたと言えるか？　しかも、友だちがなかったなどと。

私は彼女のいちばんの親友だった。ただ一人の友だちだった。だから、友だちもいなかったなどということはありえないではないか？》

判決の宣告を
行ってはならない
法的な根拠は
あるか?

2

何て言ったらいいかな？……私が彼女を殺したことはみんなが知っている。私を助けられるただ一人の人も死んでしまった。だから、私は起立したまま、裁判長を見て、首をふりつづけるばかりだった。ものを考えることができないでいた。

「情状酌量をたのむんだ」と私を弁護するために任命された弁護士のエプスタインが言った。

「それはどういうことか？」と裁判長が言った。

「裁判長」とエプスタインは言った。「――われわれは情状酌量をもとめるものです。この青年は女を殺害したことを認めていますが、彼はただ彼女のためによかれと思ってしただけであって――」

裁判長はデスクを叩いて、私のほうを見た。

判決の
宣告を
行ってはならぬ
法的な根拠は
なんらない……

3

グロリアとのそもそもの出逢いからしておかしかった。彼女も映画の仕事にありつこうとしていたのだが、私はそのことをもっと後になるまで知らなかった。ある日、パラマウントの撮影所からメルローズを歩いていくと、「待って！　待って！」と叫ぶ声がしたので、ふりかえると、彼女が手をふりながら、私のほうへ走ってくるところだった。私は立ちどまって、手をふった。私のところまで来たとき、彼女はすっかり息を切らし、興奮していて、知らない女だった。

「いまいましいわ、あのバスったら」と彼女は言った。

ふりかえってみると、そのバスは半ブロックほど先をウェスタンのほうへ走っていた。

「なんだ」と私は言った。「きみが手をふってるお相手はぼくじゃなかったのか。……」

「どうしてわたしがあなたに手をふるの？」と彼女は尋ねた。

私は笑いだしてしまった。「知るもんか」と言ってやった。「同じ道を行くのか？」

「ウェスタンのほうへ行ってもいいわ」と言うので、私たちはウェスタンのほうへ歩いていった。

それが発端だったから、いまでは私もひどく不思議な気がする。まったく解《げ》せない。考えても考えても、まだわからない。あれは殺人ではなかった。私は他人《ひと》のたのみを聞いてやろうとするし、死んでけりをつけるほうだ。《私は死刑になるだろう。裁判長が何を言うか、ちゃんとわかっている。それを口にするのをよろこんでいるのが、彼の顔色からわかるし、私のうしろにいる人たちが裁判長の言葉を聞いてよろこぶことは、彼らの感じからもわかる》

グロリアに会ったその朝のことを話そう。気分はあまりよくなかった。まだ気分がすこし悪かったけれど、フォン・スタンバーグがロシアの映画をつくるので、もしかしたら仕事にありつけるのではないかと思い、パラマウントまで出かけていった。フォン・スタンバーグやマムーリアン、ボレスラウスキーのもとで仕事をして、その人たちの監督ぶりを見ながら、金をもらい、構成やテンポやアングルについて勉強できる以上のことがあるだろうかと自分に言って聞かせたものだった。……だから、パラマウントまで出むいた。

撮影所には入れてもらえなかったので、正面入口のあたりをぶらついているうちに、昼になると、助監督の一人が昼飯で外に出てきた。彼をつかまえ、エキストラになれる見込みはあるだろうかと訊いてみた。

「ないね」と言い、フォン・スタンバーグがエキストラを使うことにえらく慎重だということを話してくれた。

いやなことを言いやがると思ったが、相手の考えていることがこちらにもわかった。私の服装がお粗末すぎたのだ。「こんどのやつは時代劇じゃないんですか?」と私は尋ねてみた。

「うちのエキストラはみんなセントラルを通じているんでね」彼はそう言うと、私から去っていった。……

とくにどこへ行くというあてもなかった。世界の名監督と人に言われながら、自分のロールズ・ロイスを乗りまわしているつもりになっていたとき、グロリアの叫ぶ声を耳にしたのだ。ものごとのはじまりとはそんなものじゃないのか?……

そこでメルローズをウェスタンのほうへ歩いていきながら、親しくなったのだった。そして、ウェスタンまで来たとき、彼女がグロリア・ビーティという、これまたぱっとしないエキストラだということがわかったし、彼女も私についていささか知った。私は彼女がすごく気に入ってしまった。

彼女はベヴァリーの近くに何人かといっしょに小さな一室を借りていて、私もそこからほんの二、三ブロックのところに住んでいたから、その夜また彼女に会ってしまった。その第一夜がじつはきっかけになってしまったのだが、いまでも私は、彼女に会いにいったことを後悔しているなどとはとても言えない。あるドラグストアでソーダ水をジャッと出してかせいだ金を七ドルばかり持っていた。(この仕事は友人の代役だった。その友人は恋人をひどい目にあわせたので、手術を受けさせるために、その女をサンタ・バーバラへ連れていかねばならなかった）で、私は映画に行くか公園に行ってみるかしないかと彼女を誘ってみた。

「どこの公園なの？」と彼女は訊いた。

「ここからちょっと行ったところだ」

「いいわ。とにかく活動写真にはうんざりしちゃったから。もしもわたしがあんな女たちよりましな女優でないというなら、あなたの帽子を食べてあげるわ――公園に行って、人嫌いになりましょう。……」

彼女も公園に行きたいというのが、私にはうれしかった。そこはいつ行ってもいいところだった。ぼんやりするのにいい場所なのだ。いやに小さくて、わずか一ブロック四方だけれど、すごく暗くて、すごく静かで、灌木《かんぼく》がいっぱいに生いしげっていた。周囲には棕櫚《しゅろ》の木が五十フィートから六十フィートの高さに伸びていて、それらの梢《こずえ》からいきなりふさのような葉がひろがっている。いったんその公園に足を踏みいれてしまうと、安心だという錯覚をおぼえる。私はしばしば、その木立が異様なかぶとをかぶった、私が所有する島の見張りをつづける、お抱えの歩哨たちではないかと空想したものだ。……

公園は落ちつくのにいいところだった。棕櫚の木立のあいだから、たくさんの建物が見えた。アパートメント・ハウスの濃密な、四角いシルエット、そしてその上の空や地上のいっさいのもの、すべての人を赤く染める、そうした建物の屋根についた、赤いネオン・サインの群れ。しかし、そんなものを見たくなければ、じっと目をこらして見るだけでいい……すると、色褪せてくるはずだ。そうすれば、自分の思い通りにはるか遠くまで追いやることができる。……

「わたしこんなところに来てみようと思ったこともなかったわ」とグロリアは言った。

……「ぼくは好きなんだ」私はそう言うと、上衣をぬいで、草原にひろげてやった。「週に三度か四度はここへ来る」

「ほんとに好きなのね」と彼女は言って、腰をおろした。

「ハリウッドに来てどれくらいになる？」

「一年ほど。映画にはもう四回出ているわ。もっと出られるところなのに。セントラルに登録してもらえないのよ」

「ぼくだってそうさ」

セントラル配役斡旋所《あっせんじょ》に登録していなければ、なかなかチャンスはないのだった。大手の撮影所はセントラルに電話をかけて、スウェーデン人四人とかギリシア人二人、ないしはボヘミアの農民タイプの役者二人とか、大公妃六人欲しいんだがとか伝えれば、セントラルはそれをとりしきってくれる。グロリアがなぜセントラルに登録してもらえないのか、その理由がわかった。あまりにも金髪があざやかで、あまりにも小柄で、あまりにも老《ふ》けて見えるのだ。しゃれた服装をすれば、もっと魅力的に見えるかもしれないが、それでも彼女をきれいだとは言わないだろう。

「力になってくれそうな人には会ったのか?」と私は尋ねた。

「この世界で、誰が力を貸してくれそうかなんていうことが、どうしてわかるの?」と彼女は言った。「ある日、電気係だった人が翌日にはプロデューサーよ。お偉がたに近づくただ一つの方法は、走り過ぎる彼の車のステップにとびのることね。とにかく、男のスターも女のスターも、はたしてわたしの力になってくれるかしら。わたし、最近この目で見たことから決心しかけたんだけど、いやなやつに誘惑させようと。……」

「どうしてハリウッドなんかに来たんだ?」と私は訊いてみた。

「さあ、わからないわ。でも、郷里で送っていた生活にくらべれば、ましなほうよ」

故郷はどこだと私は尋ねた。

「テキサスよ」という返事だった。「テキサスの西のほう。行ったことあって?」

「ない。ぼくはアーカンソーから出てきた」

「まあ、ウェスト・テキサスっていやなところよ」と言った。「叔母や叔父といっしょに暮らしてたの。叔父さんは鉄道の制動手だったわ。ありがたいことに、叔父と顔を合わせたのは一週間に一度か二度だけ。……」

話をやめると、何も言わずに、アパートメントの建物の上の赤い蒸気のような光を見るのだった。

「少くとも」と私は言った。「きみには家というものがあった——」

「あなたはそう言うけれど」と彼女は言った。「わたしには家なんてものじゃなかったわ。叔父は、家にいると、いつもわたしに言い寄ってばかりいたし、その叔父が出張に出ると、叔母とわたしはかならず喧嘩していたの。叔母は告げ口されるのがこわかったんだわ——」

「いい人たちだ」と私は自分に言い聞かせた。

「それで、とうとう逃げだしたのよ。ダラスへ。行ったことあって?」

「テキサスには一度も行ったことがないんだ」

「あなたは困ったことなんかないでしょう。わたしは仕事の口が見つからなかったものだから、店の品物を何か盗んで、おまわりさんにお世話してもらおうと決心したくらいよ」

「そいつはうまい考えだった」

「そうすてきなアイディアだったでしょ。ただ、だめだったわ。たしかにつかまりはしたんだけれど、刑事さんたちがあたしを気の毒に思って、釈放してくれたの。飢え死にしないために、市庁から角を曲がったところにホットドッグのお店を開いていたシリアの人のところにころがりこんだわ。嚙み煙草をやる男よ。いつも嚙み煙草を嚙んでいたわ。嚙み煙草をやる男といっしょに寝たことがあって?」

「そういう経験はなかった」

「それには我慢できたかもしれないの。ところが、食卓の上で、お客さんたちにわたしをおそわけしようとしたとき、わたし、諦《あきら》めたわ。それから二晩か三晩して、毒を飲んだの」

「ひどい」と私の独り言だった。

「たっぷり飲まなかったものだから。ただ、気分が悪くなっただけ。でも、あの味はまだおぼえている。病院に一週間はいっていたわ。病院にいるときに、ハリウッドへ行こうという気になったのね」

「そうか?」

「映画雑誌のせいよ。退院してから、ヒッチハイクをはじめたの。お笑い種《ぐさ》かしら?」

「とんだお笑い種だね」そう言って、私は笑おうとした。……「両親はいないのか?」

「もういないわ。お父さんはフランスで戦争で死んだの。わたしも戦争で死んでしまえばよかった」

「なぜ映画から足を洗わないんだ?」

「どうしてわたしがまた? 一夜にしてスターになるかもしれないのよ。ヘップバーンやマーガレット・サラヴァン、ジョセフィン・ハチンスンをごらんなさい……でも、もしわたしに度胸があったらどうするかをあなたに教えてあげましょう。窓から身を投げるか、さもなければ、市街電車か何かに轢《ひ》かれてやるわ」

「きみの気持ちはわかる。きみがどんな気持ちでいるかはちゃんとわかるんだ」

「わたしには奇妙なことなんだけれど、誰も彼も生きていくことにあれほど気をつかっているのに、死ぬことにほとんど気をつかわない。なぜ、おえらい科学者たちが、生命を終わらせる楽な方法を見つけるかわりに、生命を伸ばそうとしてがんばってばかりいるのかしら？　わたしと同じような人たちがこの世の中にいるにちがいないわ――死にたくてもその勇気のない人たちが――」

「きみの言うことはわかる。きみが言ってることはよくわかるな」

私たち二人はしばらくのあいだ何も言わなかった。

「女の友だちが海岸で開かれるマラソン・ダンスにわたしを参加させるつもりでいるわ」と彼女が言った。「ダンスをつづけているかぎり、食事も無料《ただ》、寝るのも無料、そして、優勝すれば、千ドルになるのよ」

「その食事が無料だというのはうまい話だな」

「それは大したことじゃないわ。マラソン・ダンスに来るプロデューサーや監督がたくさんいるのよ。そういう人たちに拾われて、映画の役がもらえるかもしれないチャンスがかならずあるわ。……この話、どうかしら？」

「ぼくが?」と私は言ったが……「まあ、ぼくはダンスがあまりうまくないんでね。……」

「うまくなくてもいいのよ。動いてさえすりゃいいんだから」

「ぼくはおりたほうがいいんじゃないかな。大病したんでね。インフルエンザの下痢がなおったばかりなんだ。あやうく死ぬところだった。すっかり身体が弱ってしまったんで、便所へ行くにも四つんばいになって這《は》っていかなきゃならないほどだった。やめたほうがよさそうだ」私はそう言って、首をふった。

「いったい、それはいつのことだったの?」

「一週間前さ」

「もう心配ないわ」

「そうは思わないがね――ぼくはおりるよ。再発しやすいたちなんだ」

「わたしが看病してあげる」

「……たぶん一週間もすれば――」

「それじゃあ、おそすぎるわ。あなたはもうりっぱに元気よ」

……以下は
本法廷の
判断であり
宣告である……

4

マラソン・ダンスは、海岸にのぞんだ、かつては誰でも踊れるダンス・ホールだった、ばかでかい古ぼけた建物のなかにある遊覧桟橋でひらかれた。杭工事で海上に建てたものなので、足の下、つまり床下は、大洋が夜も昼も音をたてていた。親指のつけ根のふくらみがまるで聴診器になったみたいに、潮騒がそこを通じて感じられた。

内部にはいると、縦三十フィート、横二十フィートの広さで出場者用のダンスのフロアがあり、その三方が特別観覧席、その後方に一般の入場者がすわる階段式座席があった。ダンス・フロアの一端は楽団用の一段と高いステージになっている。楽団は夜しか演奏しなかったし、それもさしてうまいオーケストラではなかった。昼間は、ラジオで聴けるような曲を拡声器を通じて騒々しく流すのだった。その間はじつにうるさくて、ホールは騒音でみたされる。司会者がいて、お客さまの気分をほぐしてやるのが、彼の仕事だった。ほかに、出場者とたえずフロアを動きまわって、万事順調に進行しているかどうかを見る二人の審査員《フロア・ジャッジ》、男女各一名の看護人、救急の場合の主治医が一人。その医者はちっとも医者らしく見えなかった。若僧すぎるのだった。

百五十四組がこのマラソン・ダンスに出場したが、第一週で六十一組が脱落した。規則は、一時間五十分踊って、十分間の休憩時間があり、その間に睡眠をとりたければ、眠ってもいいのだった。しかし、その十分のあいだに、ひげをそったり、風呂にはいったり、あるいは足の調子をよくしたりといった、とにかく必要なことをぜんぶすましておかなければならない。

最初の一週間が最もきつかった。出場者の足や股が腫《は》れあがって――床下の海水はいつも杭材にぶつかって、音をたてていた。このマラソン・ダンスに参加する前は、私は太平洋が大好きだった。その名前も、その大きさも、その色も、その匂いも――何時間もすわって、飽かず太平洋を見ながら、その海をこえていって、ついに還らなかった船とか、シナや南太平洋のことを空想したり、ありとあらゆることを考えたものである……だが、もうそういうことはない。太平洋にはうんざりした。ふたたび見られるかどうかなどということはどうでもいい。《おそらく見ることはないだろう。裁判長がそれを決めてくれるのだから》

グロリアと私は、マラソン・ダンスに勝ち残るにはその十分間の休憩時間に生活の規律を守ることだとこの道の古顔から教えてもらった。ひげを剃りながら、サンドウィッチを食べるようにしたり、便所に行ったときに食事をするようにしたり、足のぐあいをよくするときは、踊りながら、新聞を読むようにしたり、踊っているときに、パートナーの肩によりかかって眠るようにしたりするということだったが、これはすべてやってみなければならない商売の駆引きというものだった。はじめはそれもグロリアと私にはえらくむずかしかった。

私は、このコンテストの約半数が玄人《プロフェッショナル》だということを知った。彼らは全国をまたにかけてマラソン・ダンスに出場するのを商売にしていて、なかにはヒッチハイキングで町から町へわたりあるく者もいた。ほかはグロリアと私のように参加した女の子と男の子たちだった。

13組が、ダンスでいちばんの仲良しになった。ペンシルヴェニア州の北の田舎町からやってきたジェイムズとルビーのベイツ夫婦である。二人にとっては八度目のマラソン・ダンスだった。1253時間も動きまわって、1500ドルの賞金をかせいだこともある。このマラソン・ダンスではどこかで優勝したと称するチームがほかにも数組いたが、私は、ジェイムズとルビーが最後まで残るのはまちがいないと思った。といって、ルビーの赤ん坊がその前に生まれてこなければのことだが。四か月で赤ん坊が生まれるはずだったのだ。


「グロリアはどうしたんだ?」ある日、寝室からフロアにもどってくるとき、ジェイムズが私に尋ねた。

「なんでもない。どういうことなんだ?」と私は訊いた。しかし、彼の話の意味はわかっていた。グロリアがまた泣き言をならべているのだった。

「赤ん坊を産むなんてばかな女だとルビーに言ってばかりいるんだ。グロリアは堕胎《おろ》させたがっているんだよ」

「グロリアがそんな話をするとはねえ」と私は言って、その場をとりつくろおうとした。

「ルビーの邪魔をしないでくれって、あんたから言ってくれ」

ホイッスルが私たちに216時間目のはじまりを告げると、私はジェイムズが言ったことをグロリアに伝えた。

「ばかばかしい」と彼女は言った。「彼に何がわかるもんですか？」

「二人が赤ん坊を欲しけりゃあ、赤ん坊を産んじゃいけないということはないだろう。二人の問題なんだぜ」と私は言ってやった。「ぼくはジェイムズを怒らせたくないんだ。こういうダンスでは場数を踏んでいるから、いつだってうまい秘訣《こつ》を教えてくれている。奴がむくれたりしたら、ぼくたちはどうなる？」

「あんな女の子が赤ちゃんを産むなんて恥さらしよ。面倒を見てやるだけのお金もなければ、赤ちゃんを産んでいったいどうするの？」

「お金がないってことがどうしてわかるんだ？」

「お金があれば、こんなところに来て何をするの？……困ったことだわ。誰も彼も赤ちゃんを産むつもりで――」

「いや、みんながみんなというわけじゃないさ」

「あなただって知ってるくせに。あなたなんか生まれてこないほうがよかった――」

「そうかもしれない」と私は言った。「気分はどうだ?」彼女の心から悩みをとりのぞいてやるつもりで、私はそう尋ねた。

「いつも惨《みじ》めな気持ちよ。あら、あの時計の針の動きかたがおそいわ」

司会者のステージには大きな長いカンバスがあり、時計のかたちをペンキでかいて、2500時間まで記録してあった。その時計の針はいま216をさしていた。時計の上に掲示がでた。**経過した時間――216。残ったチーム――83。**

「脚のぐあいはどう?」

「まだほとんど力がない」と私は言った。「あのインフルエンザはたちの悪いやつなんだ。……」

「優勝できるめどは二千時間じゃないかって言う女の人もいるわ」

「そうでないといいがね。ぼくはそんなに長く持ちこたえられそうもない」

「わたしの靴がいたんできたの。急いでスポンサーをつかまえないと、わたし、はだしになってしまうわ」

スポンサーとは、出場者にセーターを提供し、背中に社名とか製品名とかをつけて広告する会社や商店である。そうなると、スポンサーが必要なものを手配してくれる。

ジェイムズとルビーが踊りながら、私たちのそばにやってきた。「話してくれたかい?」と彼は私を見ながら訊いた。私はうなずいてみせた。

「ちょっと待って」二人が踊りながらはなれていきかけると、グロリアがそう言った。「わたしのうしろで話をするなんて、いったいどういうつもり?」

「おれのことにはかまうなってその子に言ってくれ」とジェイムズは私に面とむかって言うのだった。

「ひどい人」と彼女は言った。

「彼はむくれているんだ」と私は言ってやった。「ところで、ぼくたちはどのあたりにいるのかな?」

「ねえ」と彼女は言った。「わたし、彼に言ってくるわ、どこでおりるか――」

「グロリア、他人《ひと》のことなんかどうだっていいじゃないか?」

「そんなに大声で悪態をつかないで、小さい声でたのむよ」と声がした。私はふりかえった。フロア・ジャッジのロロ・ピーターズだった。

「くだらない」とグロリアが言った。ちょうど足の親指のつけ根のふくらみを通じて波のうねりを感じとることができたように、指を通じてグロリアの筋肉のひきつるのが感じとれた。

「静かにするんだ」とロロが言った。「特別席のお客に聞こえるじゃないか。ここをなんだと思っているんだ——酒場か?」

「まさに酒場よ」とグロリアが言った。

「わかった、わかったよ」と私は言った。

「悪態をついたことについてはすでに一度注意した」とロロは言った。「もう一度その話をすることもあるまい。お客さまに失礼にあたるからね」

「お客さまって? どこにいるの?」とグロリアが尋ねた。

「それはこっちが心配することだ」ロロは私をにらみつけながら、そう言った。

「わかった、わかったよ」と私は言った。

彼はホイッスルを吹いて、全員の動きをとめた。なかにはかろうじて失格からまぬかれるために、ただ動いているだけの連中もいた。「さあ、みんな」と彼は言った。「もうすこし元気を出して」

「もうすこし元気を出して、みなさん」司会者のロッキー・グラヴォがマイクロフォンにむかって言った。拡声器にのったその声の騒々しさがホールに充満し、波の音を閉めだしてしまった。「もうすこし元気を出して——きみたちがまわっているトラックを——どうぞ」オーケストラに言うと、オーケストラは演奏をはじめた。出場者たちは前よりもちょっぴり活発に踊りだした。

このダンスは二分ほどつづき、それが終ると、ロッキーがまっさきに拍手してから、マイクロフォンにむかって言った。

「出場者たちをごらんください、みなさん――216時間後も、彼らは忍耐と技術の競技、マラソン・ダンスの世界選手権をかけて元気溌剌《はつらつ》としております。この出場者たちは一日七回の食事をとります――豪勢な食事が三度と軽いランチが四度。このコンテストの最中に体重がふえた人だってなかにはいるのですよ――そして、出場者の体調がベスト・コンディションにあるかどうかを調べるために、医師や看護人が何人も待機しております。さて、4組のマリオ・ペトローネとジャッキー・ミラーにこちらに来ていただいて、お得意のものをやってもらいましょう。どうぞ、4組――さあ、来ましたよ、みなさん。しゃれたとりあわせじゃありませんか？……」

がさがさした感じのイタリア人、マリオ・ペトローネと小柄な金髪のジャッキー・ミラーが拍手にむかえられて、一段高いフロアにあがった。二人はロッキーに何やら言うと、へたくそなタップ・ダンスをはじめた。マリオもジャッキーも、へただとは思っていないらしい。終わると、二、三人がフロアにお金を投げてよこした。

「おねがいします、みなさん」とロッキーが言った。「銀貨の雨を。どうぞ」

さらに数個の硬貨がフロアにとびちった。マリオとジャッキーはそれを拾いながら、私たちの近くまでやってきた。

「いくらになったの？」とグロリアが二人に訊いた。

「七十五セントぐらいなものかしら」とジャッキーが言った。

「どこから来たの？」

「アラバマよ」

「そうじゃないかと思ったわ」

「きみやぼくも得意なやつを勉強すべきだな」と私はグロリアに言った。「お金がよぶんに儲かる」

「なんにも知らんほうが楽だぜ」とマリオが言った。「ただ、仕事がふえて、それに脚にもよくないからな」

「ダービーについては知ってるの？」とジャッキーが訊いた。

「なんのことだ？」と私は訊いた。

「相当なレースよ」と彼女は言った。「そのことで、この次の休憩時間に説明があるはずだわ」

「だんだんきびしくなってくるのね」とグロリアが言った。

……第一級殺人の犯罪により

5

更衣室でロッキー・グラヴォが主催者《プロモーター》の一人、ヴィンセント（ソックス）・ドナルドを紹介した。

「いいか、みんな」とソックスは言った。「マラソン・ダンスに人が来ないからといって、がっかりしちゃいかん。こういうことをつづけていくには、時間がかかる。お客をわんさとつめこむことうけあいの、ちょっとした新機軸をはじめてみることにした。さて、どんなことをやるかといえば、こういうことだ。われわれは毎晩ダービー・レースをやる。フロアにペンキで長円形のトラックをかき、毎晩そのトラックのまわりを十五分間踊ってまわり、毎晩一番ビリのカップルが失格する。うけあってもいいが、きっとこれで見物人が押しかけてくるよ」

「葬儀屋もくることになるだろうな」と誰かが言った。

「トラックのなかに簡易ベッドを何台かおいて」とプロモーターは言った。「このダービーのあいだ、医者と何人かの看護人を用意しておく。出場者の一人が戦列からはなれて、休憩所《ピット》入りすることになったら、そのパートナーは埋め合わせにトラックを二周しなければならない。そうすれば、観客がもっともっと増えてくるから、きみたちはいっそうスリルを味わうことになる。いいかね、このハリウッドの連中がここへやってきたって、立ちんぼさせることになるだろう。……ところで、食べものはどうかね？　スリルを味わった人はいるかな？　わかった、それでけっこう。きみたちはわれわれに協力し、われわれはきみたちに協力するというわけだ」

私たちはフロアに出ていった。出場者は誰一人ダービーについて何も言わなかった。見物人さえ来てくれるようになってくれれば、どんなことだって名案だと思っているらしい。ロロがこちらへやってきたとき、私は手すりに腰をかけていた。次の二時間の苦役の前に、まだ二分の休息時間があったのだ。

「さっき言ったことで、わたしを悪く思わないでくれよ」と彼は言った。「あんたのことじゃなくて、相手はグロリアなんだ」

「わかってるよ」と私は言った。「彼女のことなら心配はない。ただ、世の中を呪っているだけなんだから」

「せいぜいおとなしくさせておいてくれ」

「そいつはむずかしい仕事だが、できるだけのことはやってみるよ」

やがて、女の化粧室から通じている廊下に目をやった私は、グロリアとルビーがいっしょにフロアへやってくるのを見て驚いた。私は彼女を迎えにいった。

「きみはダービーのことをどう思う?」と私は彼女に尋ねてみた。

「わたしたちを落としちゃうには、一つのうまい方法ね」と彼女は言った。

ホイッスルがふたたび私たちを動きださせた。

「今夜ここに来ているのは多くて百人というところかな」と私は言った。グロリアと私は踊っていなかった。私は彼女の肩に腕をまわし、彼女は私の腰に腕をまわして、歩いていた。それでよかった。第一周は踊らないといけなかったが、その後は踊らなくてもよかった。ただ動きつづけるだけでいい。私は、ジェイムズとルビーがこちらへやってくるのを見て、ジェイムズの表情から、何かあったなということがわかった。逃げだしたかったけれども、行くところがなかった。

「女房の邪魔をしないでくれって言ったじゃないか」とグロリアに言った。

「うるさいわね、大きなエテ公が」とグロリアは言った。

「ちょっと待ってくれ」と私は言った。「どうしたんだ?」

「またルビーを追いかけまわしてたのさ」とジェイムズが言った。「おれが背中を向けてると、かならずまた追っかけてる」

「よしなさいよ、ジム」ルビーはそう言いながら、連れていこうとした。

「だめだ、よすもんか。黙ってろって言ったじゃないか?」とグロリアに言った。

「急いで――」

グロリアは言い終わらないうちに、頬桁《ほおげた》をなぐられ、私の肩に頭をぶつけてきた。すごいなぐりかただった。私はそれに我慢できなかった。手を伸ばして、彼の口をなぐった。彼は左手を私の顎にたたきつけて、私をほかの出場者の群れまでふっとばした。おかげで私はフロアに倒れないですんだ。彼がとびかかってきたので、私は相手をつかまえてもみあいながら、卑怯でもいいからやっつけてやろうと、股間を膝で蹴りあげてやった。そうでもしなければ勝てなかったのだ。

ホイッスルが耳もとで鳴って、誰かが私たちをとりおさえた。ロロ・ピーターズだった。彼が私たちを引きはなした。

「よせ」と彼は言った。「ここで何をするんだ?」

「なんでもない」と私は言った。

「なんでもないのよ」とルビーが言った。

ロロは手を上げて、一段高いステージにいるロッキーに手をふった。

「はじめて」ロッキーが言うと、オーケストラが演奏をはじめた。

「散らばってください」ロロがそう言うと、出場者たちは散っていった。「さあ」とロロは先頭に立って、フロアをまわりはじめた。

「こんどは首を切ってやるからな」とジェイムズはグロリアに言った。

「――ばか」とグロリアは言った。

「だまってろ」と私は言った。

私はグロリアを連れて、すみのほうまで歩いていくと、そこで調子を落として、ただ動きまわるだけにした。

「気でもちがったか?」と私は言った。「なぜルビーをほうっておかないんだ?」

「心配しないで。彼女にいくら言っても無駄だから、わたし、諦めたのよ。かたわの赤ちゃんでも欲しいというのなら、わたしのほうはそれでもかまわないんだから」

「ごきげんよう、グロリア」という声がした。

私たちはふりかえってみた。手すりのそばの最前列の特別席《ボックス・シート》にいる老婆だった。名前は知らなかったが、じつに変わった女だった。毎夜、毛布と夜食を持ちこみで、顔を見せるのだ。ある夜など毛布にくるまって徹夜した。年齢は六十五ぐらいか。

「あら」とグロリアが言った。

「さっきはどうしたの?」と老女が尋ねた。

「なんでもないの」とグロリアが言った。「ちょっとした言いあい」

「調子はどう?」と老女が訊いた。

「いいようだわ」

「わたし、レイデン夫人ですの」と老女は言った。「あなたたちがわたしのごひいきのカップルよ」

「それはどうも」と私は言った。

「わたし、これに参加しようとしたんだけれど」とレイデン夫人は言った。「入れてもらえませんでした。年齢《とし》をとりすぎているって言うんです。でも、わたしはまだ六十なのよ」

「それはけっこうですね」と私は言った。

グロリアと私は足をとめ、抱きあったまま、からだをゆらゆら動かしていた。いつも動いていなければならないのだ。二人の男が、老女のうしろの特別席にやってきた。二人とも火のついてない葉巻を噛んでいる。

「刑事よ」とグロリアは声をひそめて言った。

「……このコンテストはどうですか?」私はレイデン夫人に尋ねた。

「たいへん楽しんでますわ。それはもう。こんなにすてきな若い男女が……」

「動いて、みんな」そばを通りながら、ロロが言った。

私はレイデン夫人にうなずいてみせると、動いていった。

「あなたにわかるかしら?」とグロリアが訊いた。「彼女は家に帰って、赤ちゃんにおむつをあててやるべきよ。ああ、わたしはあんな年齢になるまで生きていたくない」

「あの連中が刑事だってことがどうしてわかるんだ?」と私は訊いた。

「わたしは千里眼なの」とグロリアは答えた。「ねえ、あのおばあさんのこと、どう思って？こういうことが大好きなのよ。部屋代をとりたててやればいいのに」彼女は頭をふった。「わたし、ぜったいにあんな年寄りになるまで生きていたくないわ」とまた同じことを言った。

老女との出会いはグロリアをすっかり憂鬱《ゆううつ》にしてしまった。昔住んでいたウェスト・テキサスの田舎町の女たちを思いだすというのだった。

「アリス・フェイが来たわ」と女たちの一人が言った。「見た？　あそこにすわってる」

私の知らない二人の男をしたがえた、たしかにアリス・フェイだった。

「彼女を見るか？」と私はグロリアに訊いた。

「見たくないわ」

「みなさん」とロッキーがマイクロフォンに言った。「今晩は光栄にもあの美しい映画スター、ミス・アリス・フェイをおむかえすることができました。ミス・フェイにどうぞ心からの拍手を、みなさん」

全員拍手すると、ミス・フェイは笑顔をうなずかせた。オーケストラのスタンドのそばの特別席にすわっていたソックス・ドナルドもにこにこ笑っている。ハリウッド人種が来はじめたからだ。

「さあ」と私はグロリアに言った。「手をたたいてやれよ」

「なぜ拍手してやらなきゃならないの？」とグロリアが言った。「彼女はわたしにないものを持っているんじゃないの？……」

「きみはやきもちをやいているんだ」

「あなたがおっしゃるとおり、わたしはたしかにやきもちやきよ。わたしが失敗した人間であるかぎり、成功した人を嫉妬するわ。あなたはちがうの？」

「もちろん、そうじゃないさ」

「おばかさんね」

「おい、見ろよ」

二人の刑事はレイデン夫人のいる特別席を出て、ソックス・ドナルドといっしょにすわっていた。彼らは顔を寄せあって、一人が手にした一枚の紙を見ていた。

「さあ、みんな」とロッキーがマイクロフォンに言った。「休憩時間の前にもうすこし元気に踊ろう。……どうぞ」オーケストラにそう言うと、自分も音楽に合わせて、いっしょに手をたたき、ステージの上で足を踏みならした。やがて、観衆もいっしょに手をたたき、足を踏みならすようになった。

私たちがみんなフロアのまんなかでぐるぐるまわりながら、時計の長針を見ていると、そのとき、18組のキッド・カムがいきなりパートナーのほっぺたをたたきはじめた。左手で女を抱きかかえながら、右の手で女の両頰を交互にたたいていた。だが、女は反応しなかった。死んだように眠っているのだ。二、三度、咽喉《のど》をごろごろ言わせたかと思うと、意識を失ったまま、ずるずるとフロアに倒れていった。

フロア・ジャッジがホイッスルを吹くと、観客の全員が興奮して総立ちになった。マラソン・ダンスの客は興奮するのに心の準備はいらない。何か起きれば、すぐに興奮するのだから、その点でマラソン・ダンスは闘牛に似ている。

フロア・ジャッジと二人の看護婦が女を抱きおこし、足はひきずらせながら、更衣室へ運んでいった。

「18組のマティ・バーンズが失神しました」とロッキーが観衆に伝えた。「更衣室にはこびましたので、みなさん、彼女はそこで申し分のない医療をうけるはずです。大したことではありません。みなさん——危険はありません。ただ、マラソン・ダンスの世界選手権大会では、これは、いつもかならず何かが起こるということです」

「彼女、さっきの休憩時間にこぼしていたわ」とグロリアが言った。

「どうしたのかな?」

「月のものなのよ」とグロリアは言った。「だから、もうもどってこられないわね。あれになると、三日も四日も寝こんでしまう型の女だから」

「おれはピタッと当てられるんだ」とキッド・カムが言った。愛想がつきたように首をふった。

「ああ、まったくおれはついていないなあ！　おれはこいつに九回も出たんだが、いっぺんも最後までいかなかった。パートナーがいつもおれの足をひっぱってしまうんだ」

「彼女はたぶんよくなるさ」元気づけようと、私はそう言ってやった。

「だめさ」と彼は言った。「彼女はおしまいなんだ、こんどはあの子も農園に帰れるだろうな」

もう一つの苦役の終わりを意味するサイレンが鳴った。全員が更衣室に殺到した。私は靴を蹴ってぬぎながら、自分のベッドに横たわった。潮騒を一度——ただ一度——聞いたように思った。やがて、私は眠ってしまった。


アンモニアのにおいが鼻について、目がさめた。トレイナーの一人が、アンモニアのにおいを私にかがそうと、瓶を顎のあたりで動かしていたのだ。(これは熟睡から目をさまさせる最良の手段だ、と医師が言った。いくら身体をゆり動かして、目をさまさせようとしても、ぜったいに目がさめない)。

「いいよ」と私はそのトレイナーに言った。「もう大丈夫だ」

私は起きて、靴に手を伸ばした。そのとき、あの二人の刑事とソックス・ドナルドが私に近いマリオのベッドのそばに立っているのが目にはいった。三人は、べつのトレイナーが彼を起こすのを待っているのだった。ようやくのことで、マリオは身体のむきを変えて、三人を見た。

「やあ、坊や」と刑事の一人が言った。「こいつが誰だか知ってるか？」一枚の紙を彼にわたした。私は、それが何であるかがわかるほど近くにいた。探偵実話雑誌からやぶいた、数枚の写真が載っている一ページだった。

マリオはそれに目をやってから、刑事に返した。「ああ、誰だかわかってるよ」起きあがりながら、そう言った。

「おまえは大して変わってないな」ともう一人の刑事が言った。

「とんでもないイタ公だ」ソックスはそう言って、拳をかためた。「なんでわたしまで巻きぞえにするんだ？」

「よせ、ソックス」とはじめの刑事が言った。それから、マリオに言葉をかけた。「さあ、ジュゼッペ、荷物をまとめるんだ」

マリオは靴の紐を結びかけていた。「服と歯ブラシのほかに何も持ってやしないよ」と言った。

「でも、パートナーにさよならを言ってやりたいね」

「おまえはじつに困ったイタリア人だよ」とソックスが言った。「これで新聞がよろこぶだろう、ええ？」

「おまえのパートナーのことは心配するな、ジュゼッペ」と二人目の刑事が言った。「おい、きみ」と私に声をかけてきた。「ジュゼッペにかわって、さよならを言ってやってくれ。来るんだ、ジュゼッペ」と刑事はマリオに言った。

「このイタ公の野郎は裏口から連れだしてくれ、きみたち」とソックスは言った。

「みんな、フロアに」とフロア・ジャッジがどなった。「みんなフロアに出て」

「あばよ、マリオ」と私は言った。

マリオは何も言わなかった。じつに静かで、じつに事務的なものだった。刑事たちは、こういうことが毎日起こっているかのように行動した。

……被告は
陪審の
評決によって
有罪と
認められ……

6

こうしてマリオは刑務所入りし、マティは農園にもどった。《私は、マリオが殺人容疑で逮捕されたとき、自分がどんなに愕然《がくぜん》としたかをおぼえている。信じられなかった。私が会ったなかでも、いちばん優しい男の一人だったのだ。しかし、あのときは、それを信ずることができなかった。いまは、優しくあって、しかも殺人者にもなれるということがわかる。私がグロリアに優しくしてやったほど、女に優しくしてやった男は一人もいなかったけれど、私が彼女を撃って殺す時が訪れたのだ。だから、優しくあることがひとつのことを意味しないとわかるはずだ……》

マティは、医師がこれ以上出場させるのを拒否したために、自動的に失格した。医師の話では、ダンスをつづけると、内臓のある部分をいためて、子供が産めなくなるだろうということだった。グロリアに言わせると、マティは大荒れに荒れて、医者に悪態のかぎりをつくし、ぜったいにおりないとがんばったそうだ。が、彼女はおりた。おりざるをえなかった。お払い箱になってしまったのだ。

彼女のパートナーだったキッド・カムとジャッキーが組むことになった。規則ではそれができる。また、二十四時間は一人で踊ることもできるが、そのあいだにパートナーが得られなければ、失格する。キッドもジャッキーもこの新しい組み合わせにはご満悦のようだった。ジャッキーはマリオを失ったことについて何も言わなかった。パートナーはあくまでもパートナーだという態度だった。しかし、キッドのほうは大よろこびだった。とうとうおれも不運とは縁切りだと思っているらしかった。

「あの二人が勝ちそうね」とグロリアは言った。「騾馬《らば》みたいに丈夫だわ。あのアラバマは玉蜀黍《とうもろこし》育ちの田舎娘よ。あの顔のつやをごらんなさい。きっと六か月でもつづけられるわ」

「ぼくはジェイムズとルビーを買うね」と私は言った。

「あんな仕打ちをされても?」

「それとこれとはなんの関係があるんだ? おまけに、ぼくたちはどうなんだ? ぼくたちだって勝てる見込みはあるんじゃないのか?」

「わたしたちが?」

「まあ、きみはそう思っていないようだがね」

彼女は首をふって、それについては何も言わなかった。「だんだん、だんだん死にたくなってくるわ」と言うのだった。

またはじまった。こっちがどんな話をしても、彼女はかならずそこへ話を持ってくる。

「死にたいということを、きみに思いださせないような話は、ぼくにはできないのじゃないかな?」と私は訊いてみた。

「そうね」という返事だった。

「しょうがないな」

ステージにいる誰かがラジオの音を低くした。(音楽がいかにも音楽らしくなってきた。オーケストラがいないときは、ラジオを使用していた。午後はそうなのだ。オーケストラは夜しかやってこない)。

「みなさま」とロッキーがマイクロフォンに言った。「うれしいお知らせです。二社のスポンサーが二組のスポンサーになることを申し出られました。Bアヴェニュー四一五のポンパドゥア美容院が13組――ジェイムズ・ベイツとルビー・ベイツ――のスポンサーになります。Bアヴェニュー四一五のポンパドゥア美容院に盛大な拍手をおねがいします、みなさん――それからきみたちも。……」

みんなが拍手した。

「スポンサーがついた二番目のチームは」とロッキーが言った。「34組のペドロ・オルテガとリリアン・ベーコンです。さあ、サンタ・モニカのオーシャン・ウォークウェイ、一一、三四一番地にあるオーシャニック自動車修理所に絶大な拍手をどうぞ」

みんながまた拍手した。

「みなさん」とロッキーは言った。「すばらしい出場者たちにはさらにたくさんのスポンサーがついてもおかしくはありません。お知り合いのかたに話してみてください、みなさん、そして出場者全員にスポンサーがつくようにしましょう。ごらんください、みなさん、242時間も連続して動きながら、彼らは元気溌剌たるものです。……このすばらしい出場者に絶大なご声援を、みなさん」

さらにまた拍手が起こった。

「それから、みなさん、お忘れなく」とロッキーが言った。「当ホールのはずれには、おいしい飲物があるパーム・ガーデンがあります。どんなビールやサンドウィッチでも召しあがれます。パーム・ガーデンをお訪ねください、みなさん。……さあ、行きましょう」マイクロフォンにそう言うと、スイッチをひねり、ふたたびホールを騒音でみたした。

グロリアと私はペドロとリリアンのところへ歩いていった。ペドロはちんばでびっこをひいていた。なんでもメキシコ・シティの闘牛場で突かれたという話である。リリアンはブルネットだった。この女もまた映画界にはいろうとしているときに、マラソン・ダンスの噂を聞いたのだった。

「おめでとう」と私は言った。

「おれたちに味方がいるってことさ」とペドロが言った。

「メトロ・ゴールドウィン・メイヤーがだめなら、自動車修理工場でもいいわ」とリリアンが言った。「ただ、車の修理屋がわたしに下着を買ってくれるなんて、ちょっと変ね」

「どこでその下着とやらをもらうの？」とグロリアは言った。「下着なんかもらえないわよ。背中に車の修理屋の名前がついたセーターをくれるんだわ」

「下着もらうわ」とリリアンは言った。

「リリアン」とフロア・ジャッジのロロが言った。「オーシャニック自動車修理所の女の人がきみと話をしたいとさ」

「その、なんですか？……」とリリアンが訊いた。

「きみのスポンサーのイアーガン夫人だよ――」

「大声で言ってやるわ」とリリアンが言った。「ペドロ、あんたの下着が来るらしいわよ」

グロリアと私は司会者の席のそばを歩いていった。午後のいまごろになると、そのあたりは気持ちがよかった。大きな三角形のかたちをした日光がパーム・ガーデンの酒場の上にある二重窓からさしこんでくるのだった。それも十分ぐらいしかつづかないのだが、その十分のあいだ、ゆっくりとそのあたりを動いて（失格しないために、たえず動いていなければならない）、すっぽりとその日ざしのなかにはいっていた。太陽をありがたく思ったのははじめてのことだ。「このマラソンが終わったら」と私は自分に言い聞かせた。「陽《ひ》のあたる場所で一生を送ろう。映画をつくるためにサハラ砂漠に行くまでとても待てない」《もちろん、そういうことはけっしてないだろう》

私はフロアの三角形がしだいしだいに小さくなっていくのをじっと見ていた。ついにそれがなくなってしまって、私の脚をのぼってきた。日ざしは生きもののように私の身体を這いあがっていった。顎まで来ると、私は爪先立ちして、なるべく長いあいだ顔で日光をうけとめようとした。目は閉じなかった。大きく目をみはるようにして、まともに太陽を見た。すこしもまぶしくなかった。やがて、それは消えた。

私は目をきょろきょろさせて、グロリアをさがした。彼女はステージのそばで身体をゆらゆらさせながら、しゃがんでいるロッキーと話をしていた。ロッキーも身体をゆすっている。(すべての関係者——医師、看護人、フロア・ジャッジ、司会者からソーダ水を売る少年たちにいたるまで——は出場者と話すときに、身体を動かしていろという指示をあたえられていた。これについては、その取締りがとくにきびしかった)。

「爪先で立っているあなたの格好がとってもおかしく見えたわ」とグロリアは言った。「バレエのダンサーみたいだったのよ」

「上達したら、一人で踊らしてやるよ」とロッキーは笑いながら言った。

「そうよ」とグロリアが言った。「今日のお日さまはどうだったの?」

「なめられるんじゃないぜ」5組のマック・アストンが、すれちがうときにそう言った。

「ロッキー!」と声が呼んだ。ソックス・ドナルドだった。ロッキーはステージからおりて、彼のところへ行った。

「きみがぼくをからかうのはあまりいいもんじゃないと思うがね」と私はグロリアに言った。

「ぼくはきみをからかってないぜ」

「あなたはそうしなくていいのよ」と彼女は言った。「わたしは専門家にからかわれているんだから。神さまがわたしをからかっているわ。……ソックス・ドナルドがなんでロッキーを呼んだか、わかる? ごく内輪の情報を知りたい?」

「なんだって?」と私は訊いた。

「6組はご存じね――フレディとあのマンスキーという女の子。彼女の母親がフレディとソックスを告発するつもりなのよ。娘が家出したから」

「それとこれとは関係のないことじゃないか」と私は言ってみた。

「彼女、未成年よ。まだ十五歳ぐらい。いくら自由につきあっていいからと言って、男のほうにもっと良識があってよさそうなものだわ」

「なぜフレディを責める? 彼の罪じゃないかもしれないんだよ」

「法律によれば、彼の罪になるわ」とグロリアが言った。「そこがかんじんなところ」

私はグロリアをリードしながら、ソックスとロッキーが立っているところへもどっていき、話の内容を盗み聞きしようとした。しかし、二人の話し声があまりにも低かった。どちらかといえば、ソックスがしゃべるほうだった。ロッキーは聞き役にまわって、うなずくばかりだった。

「いますぐだ」そう言うソックスの声が聞こえると、ロッキーはわかったと言うふうにうなずき、フロアのほうへもどりながら、グロリアとすれちがうとき、抜け目なく片目をつぶってみせた。ロッキーはロロ・ピーターズのところへ行くと、わきへ呼んで、数秒のあいだ何ごとか熱心に、小声で話した。それから、ロロは人を探してでもいるように、まわりにきょろきょろ目をやりながら、その場をはなれ、ロッキーのほうはステージにもどった。

「出場者はあとわずか数分もすれば、自分の力でかちとった休憩時間で退場します」とロッキーはマイクロフォンにむかって言った。「そして、出場者たちがフロアから姿を消しているあいだに、みなさん、ペンキ屋が今夜のダービーにそなえて、フロアに大きな長円形をかきます。今夜のダービーですよ、みなさん。ダービーをお忘れなく。みなさんがごらんになれる、ぜったいに、世にもスリリングな見ものです――さあ、みんな、休憩までにあと二分――もうすこし元気に踊ろう、みんな――お客さまがたに、きみたちの元気なところを見せてあげるんだ――お客さまがた、みなさんもこのすばらしい出場者たちに声援しているところを見せてあげてください

——」

彼はラジオの音量をあげると、手をたたき、足を踏みならしはじめた。観客もこの応援に加わった。私たちはみんな前よりもちょっぴり生気をとりもどしてステップをふんだが、それは声援があったからではない。一分か二分すると、休憩時間がとれて、そのあとすぐに食事ができるからだった。

グロリアが私を肘でかるくつついたので、顔をあげて見ると、ロロ・ピーターズがフレディとマンスキーという女の子のあいだに割ってはいるところだった。マンスキーという娘が泣いているのじゃないかと思ったが、しかし、グロリアと私が追いつけないでいるうちに、サイレンが鳴って、みんながいっせいに更衣室へ突進していった。


フレディが寝台の前に立って、予備の靴を一足、小さなジッパー・バッグにつめていた。

「聞いたよ」と私は言った。「じつに残念だ」

「いいよ」と彼は言った。「ただ、彼女のほうが誘ったんだ。……おまわりにとっつかまらないうちに、街から出られれば、なんでもないことさ。ソックスに知らされたのは、おれにとって幸いだったよ」

「これからどこへ行く?」

「南のほうかな。ぜひともメキシコに行ってみたいと思っていたんでね。さよなら。……」

「さよなら」

誰も知らないうちに、彼は姿を消した。彼が裏口から出ていくとき、海に輝く太陽がちらりと見えた。一瞬、あまりの驚きに、私は微動もできなかった。ほとんど三週間ぶりにはじめて太陽をこの目で見たから、いっそう驚きがはげしかったのか、あるいはドアを発見したからなのか、私にはわからない。私はドアのほうへ行きながら、ドアまで行かないうちに太陽が去ってしまわないことを祈った。《私がこれほどの熱望にとりつかれたのは、ほかにただ一度あるだけで、それは私が子供だったころのあるクリスマスのときだった。クリスマスとは何であるかが、ほんとうにわかるほど大きくなった、はじめての年で、その日、私は居間にはいってみると、クリスマス・ツリー一面に灯がともっていたのだった》

私はドアをあけた。世界の果ての大洋に、日は沈もうとしていた。あまりにも赤く、光り輝き、暑かったので、なぜ水蒸気が出ないのか不思議に思った。《海から水蒸気がたちのぼるのを一度見たことがある。海岸のハイウェイでのことで、何人かの男が火薬を使って作業をしていた。突然、それが爆発して、男たちは火炎に包まれてしまった。男たちは走って海にとびこんだ。そのとき、水蒸気を見たのだ》

太陽の色はうっすらとした雲にまでとけこんで、雲を赤く染めていた。太陽が沈みかけているあたりの海はじつに静かで、ぜんぜん海らしく見えなかった。美しい、じつに美しい、まったくすばらしい美しさだった。桟橋からはなれたところで、日の入りに目もむけずに釣りをしているのが数人いた。ばかな連中だ。「おまえたちには、釣りなんかするよりも、あの太陽が沈むのがはるかに大事なことなんだ」と私は心のなかで彼らに教えてやった。

ドアが急に私の手からはなれ、大砲を射ったような、バンという音がして閉まった。

「きみはつんぼか?」とどなる声が耳もとでした。トレイナーの一人だった。「そのドアを閉めておけ! 失格になりたいのか?」

「日が沈むのを見てただけじゃないか」と私は言った。

「どうかしてるんじゃないのか? ひと眠りすればよかったのに。きみは睡眠が必要なんだ」と彼は言った。

「眠る必要なんかないよ。さわやかなものさ。こんなに気持ちがいいのは、生まれてはじめてだ」

「とにかく、休息が必要だ。もう、二、三分しか残ってない。寝ろよ」

彼は私のあとからフロアを通って、私の寝台までついてきた。更衣室があまりいいにおいがしないことに気がついた。いやな臭気にはひどく敏感なほうなのに、このにおいはそれまで気づかなかったのが不思議だった。部屋にこもったあまりにも多くの男のにおいである。私は靴をぬぐと、あおむけになって身体をのばした。

「脚を揉んでやろうか?」とトレイナーが訊いた。

「大丈夫だよ。脚のぐあいはいいんだ」

彼は独り言を言って、去っていった。私は横になったまま、夕日のことを考え、それがどんな色だったかを思いだそうとした。赤の色について言っているのではなく、ほかの色あいのことだ。一度か二度思いだしかけた。昔は知っていたのに、いまは忘れてしまった名前のようなものである。長さや文字や感じはおぼえているのに、はっきり組み合わせることができない名前。

寝台の脚を通して、床下の杭にぶつかる波の音が身体に伝わってきた。それはもりあがっては落ちこみ、またもりあがっては落ちこんで、寄せては返し寄せては返しているのだった。……

サイレンが鳴って、私たちを起こし、ふたたびフロアに呼びもどしたとき、私はうれしかった。

……よって
法の定める
極刑を
課し……

7

ペンキ屋は仕事を終えていた。フロアには太い白線で長円形がかかれていた。それが、ダービーのトラックだった。

「フレディが行ってしまった」サンドウィッチとコーヒーが用意されているテーブルのほうへ行くとき、私はグロリアにそう言った。(この食事はライト・ランチと呼ばれていた。ご馳走は夜の十時に出た)。

「マンスキーの女の子も同じね」とグロリアが言った。「社会福祉委員が二人来て、連れてったの。きっと、あの子はお母さんにかわいい小さなおしりをぶたれるわ」

「こう言うのはいやなんだが、フレディがいなくなってくれたのは、ぼくの人生でいちばんうれしいことだった」

「彼があなたに何をしてくれたの?」

「いや、そういうことじゃないんだ。しかし、もし彼が消えなかったら、ぼくは夕日が見られなかった」

「あらあら」とグロリアはサンドウィッチを見ながら、そう言った。「ハムのほかに、ぜんぜんなんにもないんじゃないの?」

「きみには、それが七面鳥なのさ」私のうしろに並んだマック・アストンがそう言った。冗談を言ったのだ。

「ビーフもあるのよ」と看護婦が言った。「ビーフを食べない?」

グロリアはビーフ・サンドウィッチを取ったが、ハムのほうも手にしていた。「わたしのには角砂糖を四個入れて」とコーヒーをついでいるロロに言った。「それから、クリームをたっぷりね」

「彼女はちょっとした馬の胃袋をお持ちだね」とマック・アストンが言った。

「ブラックだ」と私はロロに言った。

グロリアは食べものを持って、ミュージシャンたちが思い思いに楽器の音を大きくだしている司会者のステージのほうへ行った。ロッキー・グラヴォは彼女を見つけると、フロアにとびおりて、声をかけてきた。私がそこにはいりこむ場所がなかったので、反対側にまわった。

「あら」と女の子が言った。背中の番号が7だ。髪が黒く、黒目がちのかなりきれいな女である。名前は知らなかった。

「やあ」と私は言いながら、あたりに目をやって、誰のパートナーであるかさぐろうとした。

彼女のお相手は最前列の席にすわった二、三人の女と話をしている。

「調子はいかが?」と7番が訊いた。その声はいかにも相当の教養がありそうに聞こえた。

「この女、いったいなんのつもりなのか?」と私は自問した。「うまく行ってるんじゃないのかな」と私は答えた。「ただ、こいつが終わって、ぼくが優勝すればいいなあと思うね」

「もし優勝したら、そのお金をどうするつもり?」と彼女は笑いながら、尋ねてきた。

「映画をつくるよ」

「千ドルじゃ映画はできないんじゃないかしら?」と訊いて、サンドウィッチを一口食べた。

「いや、大がかりな映画のことを言ってるんじゃないんだ。ぼくが言っているのは短いやつさ。その金で二巻もの、もしかしたら三巻ものがつくれるだろう」

「あなたって面白いかたね? わたし、二週間あなたを見てきたのよ」

「まさか?」私は驚いて、そう言った。

「そうなのよ、午後になると、あなたが陽のあたるあそこに立っているのを見てきたし、それから、お顔の表情が千変万化するあなたをずっと見てきたわ。あなたがひどくびくびくしているんじゃないかと思ったこともあったのよ」

「きみはまちがっている。なんでびくびくしたりするんだ?」

「あなたが今日の午後、夕日を見たことでパートナーにおっしゃったことを、わたし、盗み聞きしちゃったの」と彼女は笑顔で言った。

「そんなことはなんの証拠にもならないさ」

「かりに……」周囲にさっと目をくばって、彼女は言った。時計を見て、眉をひそめた。「まだ四分あるわ。わたしの言うことを聞いてくださる?」

「そうだな……いいよ」

彼女が目顔で知らせたので、私は彼女について司会者のステージの後方にまわった。このステージは高さが約四フィートで、その上にかぶせた重そうな、けばけばしいカンバスがフロアまでたれている。私たちはその台の裏側と無数の看板でできた一種の洞窟《どうくつ》に二人きりで立っていた。あの騒音をべつにすれば、彼女と私はこの世界に生き残った、ただ二人の人間だったかもしれない。二人ともいささか興奮していた。

「いらっしゃいよ」と彼女は言った。フロアに倒れると、カンバスを持ちあげて、ステージの下にもぐりこんでいった。私の心臓の鼓動がはやくなり、顔から血の気がなくなるのを感じた。足の親指のふくらみを通して、下の杭にぶつかる海のうねりが感じられた。

「さあ」彼女は小声で言って、私の足首をひっぱった。突然、私は彼女の言葉の意味がわかった。《人生に新しい経験など何一つないのだ。何ごとかが自分の身に起こって、これはいままでに一度もなかったことだと思い、まったく新しい経験だと思うものだが、それはまちがっている。

ある何ごとかを自分の目で見るか、においをかぐか、耳で聞くか、肌で感じさえすれば、自分では新しいと思ったことが以前に経験ずみであることを知るはずだ。彼女が私の足首をひっぱって、ステージの下にもぐりこませようとしたとき、私は、もう一人の女の子がまさに同じことをしたときのことを思いだした。そのとき、私は十三歳か十四歳で、その娘も同じ年ごろだった。名前はメイベルと言い、となりに住んでいた。放課後、私たちはフロント・ポーチを洞窟にみたてて、そこで遊び、泥棒や囚人になったのだった。後になると、そこを家にみたて、ままごとをするのに利用したものである。しかし、私がいま話しているその日、メイベルや遊びのことなどすこしも頭にうかばずに、フロント・ポーチに立ちながら、何か私の足首をひっぱるものを感じたのだった。目を落とすと、そこにメイベルがいた。「いらっしゃいよ」と彼女が言った》

　ステージの下は非常に暗くて、四つんばいにうずくまったまま、薄暗がりを見すかそうとしていると、7番がいきなり私の首のあたりをつかまえた。

「急いで……」と彼女はささやいた。

「そこで何をごそごそやってるんだ?」とぶつぶつ言う男の声がした。すぐそばにいるので、相手の吐く息が自分の髪の毛に感じられた。「誰だ?」

　その声で相手がわかった。ロッキー・グラヴォだ。胃がむかついた。7番は私の首から手をはなして、ステージの下からぬけだした。私は、自分が詫《わ》びを言うか何か言ったりすれば、ロッキーが声で私とわかるのではないかと思ったので、すばやくカーテンの下へころがっていった。7番はすでに立ちあがり、肩ごしにふりかえって私のほうを見ながら、立ち去っていくところだった。その顔がチョークのように白かった。二人とも口をきかなかった。私たちはつとめて無邪気な顔をしながら、ダンス・フロアのほうへぶらぶら歩いていった。看護婦が汚れたコーヒー茶碗を籠に集めている。そのとき、私は手と服がほこりで汚れていることに気がついた。ホイッスルが鳴るまでに、まだ二、三分あったから、急いで更衣室にかけこんで、身ぎれいにした。それがすむと、気分もすっきりした。

「じつに危いところだったな」と私は自分に言った。「二度とあんなことはよそう」

フロアにもどったとき、ホイッスルが鳴って、オーケストラが演奏をはじめた。あまりうまくないオーケストラだった。しかし、ラジオよりはましだった。品物を買ってくれとたのんだり泣きついたりするアナウンサーの声をうんざりするほど聞かなくてもすむからだ。このマラソンに参加してから、私は一生ラジオを聴かなくてすむほど、たっぷり聴いてしまった。《法廷と道をへだてた建物から、いまラジオが聴こえてくる。非常にはっきり聴こえる。「あなたはお金が必要ですか？……あなたは困っていますか？……」》

「どこに行ってたの？」グロリアが私の腕をとりながら、そう尋ねた。

「どこにも行かなかった。踊ろうか？」

「いいわ」踊りながら、フロアを一まわりすると、彼女が足をとめた。「これじゃあ仕事をしているのと同じだわ」

彼女の腰から手をはなしたとき、指がまた汚れていることに気がついた。「おかしいぞ」と私は思った。「ついさっき洗ったばかりなのに」

「うしろをむいてごらん」と私はグロリアに言った。

「どうしたの?」

「うしろをむいてみるんだ」

彼女が唇を噛んで、ためらっているので、私のほうがうしろにまわった。彼女は白いウールのスカートに薄い白のウールのセーターを着ていた。その背中がほこりまみれで、私には、どこでそれがついたのかがわかった。

「どうしたの?」と彼女は訊いた。

「動かないで」と私は言った。手でたたいて、セーターとスカートからほこりと糸屑をだいたいはらいおとしてやった。彼女はしばらくのあいだ無言だった。「きっと、更衣室でリリアンとっくみあいをやっていたときに、ついたものにちがいないわ」ようやくそう言った。

「きみが考えるほど、おれは大馬鹿野郎じゃないんだぜ」と私は思った。「そうだろうな」と言ってやった。

フロアを歩いているうちに、ロロ・ピーターズと顔を合わせた。

「あの女は誰だ?」と私は訊いて、7番を指さした。

「あれはガイ・デュークのパートナーだ。名前がローズメアリー・ロフタス」

「あなた好みね」とグロリアは言った。

「誰だって訊いただけじゃないか」と私は言った。「惚《ほ》れてなんかいるものか」

「あなたにその気がなくてもいいの」とグロリアは言った。「教えてあげなさいよ、ロロ」

「おれはごめんだな」とロロは首をふりながら言った。「あの子のことは何一つ知らないんだから」

「彼女がどうしたんだ?」私がグロリアに尋ねていると、ロロはジェイムズとルビーのベイツ夫婦のところへ行ってしまった。

「あなたってそんなに初心《うぶ》なの?」と彼女は言った。「正直なところ――そうなの?」彼女は首をふりながら、笑いこけた。「あなたってたしかに面白い人」

「わかったよ、その話はよそう」と私は言った。

「ねえ、あの女はミシシッピ河の西でいちばんのあばずれなのよ」と言った。「一流の教育をうけたあばずれで、そんなあばずれにひっかかったら、いちばんひどい悪《わる》のあばずれ女にひっかかったことになるわね。彼女がいると、どうしてほかの女の子たちはお手洗いにさえ行けないか

――」

「あら、いたわね、グロリア」とレイデン夫人が声をかけてきた。彼女はホールのすみの、司会者のステージからはなれた、いつもの最前列の特別席にすわっていた。グロリアと私は手すりまで歩いていった。……

「わたしのごひいきのチームはいかが？」と彼女は訊いた。

「元気ですよ」と私は言った。「あなたは、ミセス・レイデン？」

「わたしも元気ですよ」と夫人は言った。「今夜はおそくまでがんばるつもりです。ほらね？」となりの椅子にのせた毛布とランチのバスケットを指さしてみせた。「ここにいて、あなたたちを応援しますからね」

「わたしたちにはそれが必要なの」とグロリアは言った。

「どうして、パーム・ガーデンからはなれたところに、お席をとらないのですか？」と私は訊いた。「あとでみんなが飲みはじめると、酒場がかなり騒々しくなりますがね――」

「わたしにはここでけっこう」彼女はにこにこしながら、そう言った。「ダービーがあるので、ここにいたいの。競争するところを見たいのよ。午後の新聞をごらんになる？」と彼女は毛布の下から新聞をひっぱりだした。

「ありがとう」と私は言った。「世の中がどうなっているか、それが知りたかった。外の天気はどうですか？　世の中はだいぶ変わりましたか？」

「わたしをからかっているのね」と夫人は言った。

「いや、ちがいますよ……ただ、ぼくはこのホールに百万年もいたような気がしましてね……新聞をありがとう、ミセス・レイデン……」

去っていきながら、私は新聞をひろげた。大きな黒い見出しが私の顔にぶつかってきた。

若い殺人犯を逮捕
マラソン・ダンスで

逃亡犯人、コンテストに
堂々と出場

昨日、二人の私服刑事がサンタ・モニカの遊覧桟橋で開催中のマラソン・ダンスで殺人犯を捕えた。逮捕されたのはイタリア系、二十六歳のジュゼッペ・ローディと言い、シカゴの老薬剤師の強盗殺害で五十五年の刑を宣告され、ジョリエットのイリノイ州刑務所に服役して四年後の八か月前に脱獄した。

ローディはマリオ・ペトローネの仮名でマラソン・ダンスに出場し、強盗犯特捜隊のブリス、フォークトの両刑事に逮捕されるとき、無抵抗だった。両刑事は勤務中の気晴らしを求めて、たまたまマラソン・ダンスに顔を見せたということで、特別指名手配犯人の写真と人相を掲載する大衆探偵実話雑誌「面通し」のページで見た写真からローディとわかったものである。……

「きみは平気でいられるかな？」と私は言った。「ぼくは、こいつがあったとき、彼のすぐとなりにいたんだ。いまはマリオが気の毒でならないなあ」

「あら」とグロリアは言った。「わたしたちとどうちがうの？」

ペドロ・オルテガやマック・アストンなど、ほかにも二、三人が集まってきて、興奮しながら話すのだった。私は新聞をグロリアにわたし、独りで歩いた。

「こいつはひどいことだなあ」と私は思った。「五十年か！　かわいそうなマリオ……」《そして、マリオが私のニュースを聞けば、かりに聞けばのことだが、彼はこう思ってくれるだろう。「かわいそうな奴だ！　他人《ひと》に無駄な同情なんかして、自分が首を吊られるんだ。……」》

次の休憩時間でソックス・ドナルドは私たちを驚かした。ダービー・レースで着用するユニフォームを支給したのだ。テニス・シューズ、白いショーツ、白いセーター。男たちはみな腰に巻く太い革のベルトをもらったが、そのベルトの両側には、手荷物についているような把手《とって》がついていた。この把手は、カーブをまわるときに、パートナーを支えるためのものだった。そのときはばかばかしく思われたのだが、あとになってみて、ソックス・ドナルドが自分のやっていることについて知っているのを発見した。

「いいか、きみたち」とソックスは言った。「今夜がわれわれの最初の百万ドルのはじまりになる。このダービーには映画スターがたくさん来るだろうし、映画スターが行くところへはどこへでも、群集がぞろぞろついてくる。今夜負けるチームがあるだろう――毎晩負けていくチームがある。これについて、わたしが不平がましいことを言ってもらいたくないのは、平等だからだ。みんな、同じチャンスを持っている。きみたちはユニフォームを着用する余分の時間とそれをぬぐ、また余分の時間がもらえる。それはともかくとして、今日の午後、私はマリオ・ペトローネと話をした。彼は、仲間たちのみんなにさよならを言ってくれということだった。さて、ダービーのあいだに、お客にお金を使わせることを忘れてもらっちゃ困るよ、みんな――」

私はソックスがマリオの名前を口に出したのを聞いて驚いた。その前夜、マリオが逮捕されたとき、ソックスはなぐりかかろうとしたからだ。

「マリオに腹をたてていると思ってたんだがね」と私はロロに言った。

「もうそんなことはないさ」とロロは言った。「あれでおれたちは最高の幸運にめぐまれたんだ。

もしあれがなかったら、マラソン・ダンスがあるなんてことは誰も知りやしない。あの新聞の宣伝は医者が命じたことでね。午後は予約の申しこみでいっぱいだったよ」

……被告、
ロバート・サイヴァーテン
に申し渡す……

8

その夜、コンテストがはじまって以来はじめて、ホールは満員になり、事実、空席は一つもなかった。パーム・ガーデンにも人がはいりこんで、酒場は騒々しい笑い声や話し声に包まれた。

「ロロの言うとおりだ」と私は自分に言い聞かせた。「マリオの逮捕でソックスはねがってもない幸運をつかんだ」（しかし、観衆のすべてが新聞の宣伝にのって来たわけではない。あとでわかったのだが、ソックスは数局のラジオ放送局を利用して広告していたのである）。

トレイナーや看護人たちがダービー用のフロアを用意しているあいだ、私たちは競技用服《トラック・スーツ》で歩きまわった。

「裸になったみたいな気がするよ」と私はグロリアに言った。

「裸にみえるわ」と彼女は言った。「サポーターをつけるべきよ」

「そいつをくれなかった。そんなにまる見えなのか？」

「それだけじゃないわ。ヘルニアにかかってしまうわよ。明日、ロロに一つ買わせなさい。サイズが三つあるの、小、中、大と。あなたは小のほうね」

「ぼく一人というわけじゃないぜ」まわりの男たちに目をやりながら、私はそう言った。

「あの人たちは自慢しているのよ」

出場者は、競技用服を着るとなんともおかしく見えるのが大部分だった。これほど変わった腕や脚のとりあわせを私はこれまで一度も見たことがない。

「ねえ」グロリアはそう言いながら、ジェイムズとルビーのベイツ夫婦のほうにうなずいてみせた。「あれは相当なものじゃない？」

ルビーが妊娠しているのは誰の目にもわかる。まるでセーターの下に枕をつめこんでいるみたいだった。

「たしかに人目につく」と私は言った。「でも、きみの知ったことじゃないということを忘れるな」

「みなさん」とロッキーがマイクロフォンにむかって言った。「みなさまを熱狂させる、このダービーがはじまる前に、規則や反則についてご説明申しあげたいと思います。出場者の数の関係から、ダービーは二班に分けて行います。第一班が四十組、第二班が四十組。第二班のダービーは、第一班がスタートしてから数分後に行われ、どの班にはいるかは、帽子から番号をひきあてる抽選によって決定されます。

「二班に分けたこのダービーは一週間にわたって行われ、いずれの班においてもトラックをまわる回数のもっともすくない組が失格していきます。第一週後は、ダービーはただの一回しかありません。出場者は十五分間トラックをまわりながら、男はかかとと爪先《ヒール・アンド・トウ》で踊り、女性のほうはそれに合わせて、歩調をゆるめたり早めたりします。優勝者に賞品はべつにありませんが、みなさまがたのなかで出場者を激励するために賞金を提供しようというかたがいらっしゃれば、出場者もさぞよろこぶことでございましょう。

「お気づきでしょうが、フロアの中央に寝台が何台かあり、薄切りにしたオレンジや濡れたタオル、気つけ薬を用意して、看護人、トレイナーが待機しております——それから、体調がよくなければ、出場者に競技を続行させないようにする監視役の医師もおります」

若い医師が聴診器を首からぶらさげ、いやにもったいぶった顔をして、フロアのまんなかに立っていた。

「少々お待ちください、みなさん——ほんの少々です」とロッキーは言った。「わたしが手に持っておりますのは、今夜のダービーの勝者へと、あのすてきなかわいらしいスクリーンのスター、誰あろうミス・ルビー・キーラーが寄付された十ドル紙幣であります。ミス・キーラーに拍手を、みなさん——」

ルビー・キーラーは立ちあがると、拍手に頭を下げた。

「その意気です、みなさん」とロッキーは言った。「さて、各組が一周する回数を記録するために、みなさん、審査員が何人か必要です」言葉を切って、顔の汗をふいた。「さあ、みなさん、その審査員はお客さまがたのなかから出ていただきたいのです――四十人です。前のここまで出てきてください――恥ずかしがらないで――」

しばらくは観衆の誰も動こうとしなかったが、やがてレイデン夫人が手すりの下をくぐりぬけ、フロアを通ってきた。彼女はグロリアや私とすれちがうとき、にっこり笑い、片目をつぶってみせた。

「ひょっとしたら、あとで役にたってくれるかもしれないわ」とグロリアが言った。

まもなくほかの観客もレイデン夫人につづき、結局、審査員の全員がそろった。ロロはその一人ひとりにカードと鉛筆をわたし、ステージのまわりのフロアにすわらせた。

「それでは、みなさん」とロッキーが言った。「おかげさまで、審査員がそろいました。さて、これより第一回のダービーの抽選を行います。この帽子のなかには八十組の番号がはいっていますので、そのなかから四十組ひきます。残った組は第二のダービーにはいるわけです。さて、どなたかにその番号をひいていただきたいのです。いかがですか、奥さま?」とレイデン夫人に訊いて、帽子をさしだした。レイデン夫人は微笑をうかべて、顔をうなずかせた。

「彼女の生涯でも晴れの舞台というわけね」とグロリアは辛辣《しんらつ》だった。

「じつに優しそうなおばあさんだと思うがね」と私は言った。

「ばかばかしい」

レイデン夫人は数をひいてはつぎつぎに、ロッキーにわたし、ロッキーはマイクロフォンでその番号を伝えた。

「最初のは」と彼は言った。「１０５組です。ここへ来てください——抽選にあたった組の全員はこのステージのこちら側に立ってください」

レイデン夫人が番号をひくやいなや、ロッキーはその番号を発表し、審査員の一人に番号をわたすのだった。その番号が、審査員が一周する回数をかぞえながらチェックする相手のカップルだった。

「22組」ロッキーはそう言って、眼鏡をかけた若い男にその番号をわたした。

「さあ」と私はグロリアに言った。それは私たちの番号だった。

「わたしはこれにします」とロッキーに言うレイデン夫人の声が聞こえた。「わたしのごひいきの組なんです」

「残念ですね、奥さん」とロッキーが言った。「順番をまもってください」

抽選が終わって、私たちがスタート・ライン近くに集まると、ロッキーは言った。「よろしいでしょうか、みなさん、まもなくはじまります。さて、きみたち、男性のほうはかかとと爪先《ヒール・アンド・トウ》を忘れないように。もしもきみたちの一人がとにかくなんらかの理由で抜けなければならなくなれば、きみたちのパートナーはトラックを二周して、それを一回とかぞえることになる。スタートをおねがいできますか、ミス・キーラー？」

彼女がうなずくと、ロッキーはロロにピストルをわたした。ロロはそのピストルを、私の知らない女といっしょに最前列の特別席にすわっているミス・キーラーにわたした。アル・ジョルスンはいなかった。

「いいですか、みなさん、お帽子を落とさないように」とロッキーは言った。「どうぞ、ミス・キーラー。……」手で彼女に合図を送った。

グロリアと私がステージの横をスタート・ラインのほうへじりじり近づいていくと、ミス・キーラーが引き金をひいたので、私たちはいっきにとびだし、前に出ようと押しあいへしあいした。グロリアは私の腕をつかんだ。

「ベルトにすがるんだ」と私は大声で言いながら、集団から抜けだそうとがんばった。誰も彼もぶつかりあいながら、前に出ようとする……が、まもなく私たちはひろがって、なんとかトラックをまわりだした。私が大きくステップを踏んでいたので、グロリアのほうはそれにおくれまいとして小走りにならざるをえなかった。

「かかとと爪先《ヒール・アンド・トウ》だ」とロロが言った。「きみは走っているぞ」

「これで精いっぱいだよ」と私は言った。

「かかとと爪先《ヒール・アンド・トウ》だ」と彼は言った。「こんなふうに――」

ロロは私の前に出てきて、自分の言ったことを実際にやってみせた。おぼえるのにぜんぜん苦労はなかった。こつは自分の肩と腕の動きぐあいについて適当に調子を合わせていることだ。私はそれをなんの苦もなくやってのけた。そのほうが私には自然なような気がした。あまりにも簡単だったので、その昔かかとと爪先を交互に使う競歩を相当にやったのではないかと一瞬思ったものである。それは思いだせなかったし、それほどはっきりとおぼえているわけでもなかった。私は抜群の記憶力を持っていたのだが。

五分ほどすぎて、かなり上位まであがってきたとき、私は、グロリアの動きが止まったのを感じた。つまり、自分の力ですすむのをやめたのだ。私は彼女を引っぱっていた。彼女が私の腹部を通してベルトを引っぱっているような気がした。

「速すぎるかな?」と私は尋ねて、速度を落とした。

「ええ」と彼女はほとんど息もたえだえに答えた。

看護婦の一人が私の首のあたりに濡れたバス・タオルをたたきつけたので、私はそのいきおいでバランスを失いかけた。「こいつで顔を拭くんだ」と私はグロリアに言った。……ちょうどそのとき、35組が私たちの前に割りこんできて、先にターンにはいろうとした。このスパートが女の子にはあまりにもきつかったのだ。彼女はよろよろして、男のベルトをつかんだ手の力がゆるんだ。

「わきへ寄って、35番」とロッキー・グラヴォはどなったが、看護人もトレイナーも来ないうちに、彼女はフロアを二、三フィートすべって、前に倒れた。もし私が一人だったら、彼女をよけることもできたけれど、グロリアにしがみつかれていたので、こちらが身をかわせば、グロリアをはじきとばすのではないかという気がした。（女の子にしがみつかれたまま、こんなターンをするのは、至難の業《わざ》だった）。

「気をつけろ！」と私はさけんだが、この警告はおそすぎて、なんの役にもたたなかった。グロリアは女の子につまずいて、私までもひきずりたおし、気がついたときは、四組か五組がフロアに折りかさなって、起きあがろうともがいていた。ロッキーはマイクロフォンにむかって何か言い、観衆は息をのんだ。

私は起きあがった。怪我はなかったものの、ただ、膝が燃えるような感じから、皮がすりむけてしまったのがわかった。看護人とトレイナーが飛んできて、女たちを抱きかかえて、グロリアとルビーを休憩所《ピット》の寝台にはこんでいった。

「大したことではありません、みなさん」とロッキーが言った。「ちょっところんだだけでして……ダービーではいつも何かが起こります。……女性が休んでいるあいだ、男性のほうは二周するとはじめて、チームで一周したことになります。いいね、きみたち、内側のトラックを一人でまわるんだ」

私はレースでおくれをとるまいと歩く足をおそろしくはやめた。グロリアがもうベルトにつかまっていないため、羽根のように軽く感じた。看護婦とトレイナーが彼女の世話をやいているあいだ、医師が彼女の胸に聴診器をあてていた。看護婦は気つけ薬を彼女の鼻先へ持ってゆき、トレイナーは脚のマッサージをした。もう一人のトレイナーと看護婦がルビーにも同じことをやっていた。私が四周してから、グロリアがフロアにもどってきた。顔色がひどく蒼い。

「我慢できるか?」と私は言いながら、歩調をゆるめた。彼女は返事するかわりに、うなずいてみせた。観客は手をたたき、足を踏みならしていたし、ロッキーはマイクロフォンにむかってしゃべりまくっていた。ルビーも疲れきったようすで、レースに復帰した。

「無理するな」ロロが私のそばを通るときに、そう言った。「きみはもう心配ない――」

そのとき、私は、全身をつきぬけて頭のてっぺんを吹き飛ばさんばかりの鋭い痛みを左足に感じた。「弱った」と思った。「足が言うことをきかない!」

「足を蹴るんだ、蹴ってみるんだ」とロロが言った。

脚を曲げることができなかった。動かないのだ、板みたいにかたい。一歩ふみだすたびに、痛みが頭のてっぺんまでつきぬけた。

「22組が筋肉硬直を起こしました」とロッキーがマイクロフォンにむかって言った。「そこで待つように、トレイナーが――」

「蹴ってみろ、脚を蹴るんだ」とロロが言った。

フロアを脚で蹴ってみたが、かえっていっそう痛くなった。

「蹴るんだ、蹴るんだったら――」

「このばかやろう」と私は言った。「脚を怪我したんだ――」

トレイナーが二人、私の腕をつかんで、フロアのまんなかまで連れていってくれた。

「22組のけなげなかわいい娘が一人でつづけます」とロッキーが伝えた。「可憐なグロリア・ビーティです。じつにしっかりした子です！　パートナーが筋肉硬直で休んでいるあいだ、彼女は一人で踊る――彼女がこのトラックを懸命にまわるところをごらんください！　内側をあけてやって、きみたち――」

トレイナーの一人が私の両肩を押えつけながら、もう一人のトレイナーが私の脚を上下に動かし、筋肉を手のひらのやわらかな部分でたたいてくれた。

「そこが痛い」と私は言った。

「気にするな」と肩を押えつけているトレイナーが言った。「前にこういうことはなかったのか？」

そのとき、脚の内部で何かパチッという音がしたかと思うと、苦痛がなくなった。

「なおったよ」とトレイナーが言った。

私は気分がすっきりして立ちあがると、トラックにもどり、グロリアが来るのを待った。彼女は反対側にいて、一足出すたびに頭を上下におどらせるようにしながら、急いでいた。私は彼女がまわってくるのを待たなければならなかった。（規則では、ダービーに復帰するときは、休憩所にはいったときの地点にいなければならない）。グロリアが近づいてきたので、私が歩きだすとまもなく、ベルトにつかまった。

「あと二分」とロッキーは告げた。「すこしご声援を、みなさん――」観衆は前よりはるかに騒々しく手をたたき、足を踏みならしはじめた。

ほかの組が力走して、私たちを追いぬくようになったので、私も前よりちょっぴりがんばった。グロリアと私が最下位でないことには、かなり自信があったけれど、二人とも休場していたし、それにむざむざと失格したくはなかった。終了を告げるピストルが鳴りひびいたとき、チームの半数がフロアにつぶれてしまった。グロリアのほうを見てみると、その目がどろんとしていた。

気を失いかけていることがわかった。

「おい……」と私は看護婦の一人を大声で呼んだけれど、グロリアがくずおれるように倒れたので、私が自分でつかまえてやらないといけなかった。休憩所まではこんでいってやるのが精いっぱいだった。「おい！」と私はトレイナーの一人に声をかけた。「医者だ」

誰一人、私などに注意を払う者はなかった。倒れた連中を抱き起こすのにあまりにも忙しかった。客は座席の上に立ち、興奮してわめいていた。

私は濡れたタオルでグロリアの顔をふいてやった。レイデン夫人が突然そばにやってくると、寝台のそばのテーブルから気つけ薬の瓶をとった。

「あなたはご自分の支度部屋へ行きなさい」と彼女は言った。「グロリアはすぐによくなりますよ。この人は競《せ》りあいになれてないのね」


私はポート・サイドへ行くボートに乗っていた。あの映画をつくるためにサハラ砂漠へ行く途中だった。私は有名であり、金がたっぷりあった。私は世界でもっともすぐれた映画監督だった。セルゲイ・エイゼンシュタインよりもっとえらかった。「ヴァニティ・フェア」や「エスクァイア」の批評家たちは、私が天才であることを一致して認めた。私はデッキを歩きまわりながら、かつて参加したマラソン・ダンスのことを回想し、あの女の子たちや男たちはみなどうしたのだろうかと考えていると、そのとき、何かが頭の後部にものすごい一撃を加えて、私を気絶させた。転落していく感覚があった。

水面に身体をたたきつけられると、鮫《さめ》がこわいばかりに、腕と脚をバタバタ動かした。何かが身体をかすり、恐怖のあまり悲鳴をあげた。

凍るように冷たい水のなかで泳いでいるときに、目がさめた。自分がどこにいるのかをすぐに私は知った。「悪夢を見たんだ」と私は思った。私の身体をかすったのは百ポンドもある氷のかたまりだった。私は更衣室の小さな水槽にはいっていたのだ。まだダービー用のトラック・スーツを着ていた。私が震えながら、その水槽から出ると、トレイナーの一人がタオルをわたしてくれた。

トレイナーがもう二人、意識を失った出場者の一人を部屋にはこんできた。ペドロ・オルテガだった。水槽まではこぶと、そこに投げこまれた。

「ぼくもああいう目に遭ったのか?」と私は尋ねた。

「その通りだよ」とトレイナーは言った。「ダンス・フロアをはなれたとたんに、気を失ってしまった――」ペドロがスペイン語で何やら泣き言を言い、水をはねかしながら、出ようともがいていた。トレイナーは声をあげて笑った。「ソックスは、ここへその水槽を持ちこんだとき、何でそんなことをするのか、ちゃんと知ってたんだ」と言った。「あの氷水ですぐに息を吹きかえす。そんなびしょびしょのパンツと靴なんかぬいでしまえよ」

……ロサンゼルス
郡
保安官
によって
州刑務所
所長
に

9

経過した時間……………752
残ったチーム……………26

ダービー・レースは彼らの絶滅にかかっていた。五十何組かが二週間で消えていた。グロリアと私は一度か二度、最下位近くまで行ったのだが、ほんの紙一重というところでなんとか首がつながった。方法を変えてから、面倒なこともなくなった。私たちは勝とうとすることをやめて、どんじりにならないかぎり、何位で終わろうと気にかけないことにしたのだ。

スポンサーもついた。肥《ふと》らないジョナサン・ビール。これがちょうど間に合ってくれた。私たちは靴をはきつぶし、着ているものはぼろぼろだった。レイデン夫人が私たちをジョナサン・ビールに売りこんで、スポンサーになってもらったのだ。《聖ペテロに私を入れてくれるように売りこんでください、ミセス・レイデン。私もそこへ行く途中じゃないかと思う》グロリアと私は靴を三足に、グレイのフランネルのズボン三足、背中に製品の広告のついたセーターを三着、それぞれもらった。

私はコンテストがはじまってから、体重が五ポンドふえたので、第一位のあの千ドルをもらうチャンスが濃厚になったのではないかと思いはじめていた。しかし、グロリアはひどく悲観的だった。

「これが終わったら、どうするつもりなの?」と彼女は訊いてきた。

「なぜそんなことを気に病むんだ?」と私は言った。「まだ終わってないんだよ。いったい、何が不満なんだか、ぼくにはわからないな。ぼくたちは前よりもよくなっているんだぜ――すくなくとも、次の食事がどこから来るかはわかっている」

「いっそ死んでしまいたいわ。神さまに打ち殺してもらいたいくらいよ」

彼女はそのことをなんどもなんども言いつづけるのだった。それが私の神経にひっかかりはじめてきた。

「いつの日か、神さまもそういうとるにたりないことならやってくださるだろうよ」と私は言った。

「神さまがそうしてくれたらどんなにいいか……神さまのために、わたしにそうする勇気があれば、どんなにいいかなあ」

「ぼくらがこいつに優勝したら、きみは自分の五百ドルを持って、どこかに行っちまえばいいんだ。結婚もできる。結婚したがっている男はいつだっていっぱいいるからね。そんなことを考えたことはないか?」

「そういうことはずいぶん考えてみたわ。でも、わたしは、自分がお目あてにするような男と結婚できなかったわ。わたしと結婚するのは、こっちが願いさげにしたくなるような男ばかり。泥棒とかポン引きなんかね」

「なぜきみがそんなに病的になるのか、ぼくにはわかっている。二、三日すれば、きみだってよくなる。そのころになれば、もっとさっぱりした気分になるだろう」

「それとこれとはなんの関係もないわ。そんなことで、わたし、背中も痛くならないわ。そういうことじゃないの。これは回転木馬だってことなのよ。わたしがここから出たときは、出発点にまた逆もどり」

「ぼくたちは食べて寝てきているじゃないか」

「でも、何かかならず起こることを自分がひきのばしたからといって、どうにかなるとでもいうの?」

「おい、ジョナサン・ビール」とロッキー・グラヴォが声をかけてきた。「こっちへ来てくれ

――」

彼はソックス・ドナルドといっしょに、ステージのそばに立っていた。グロリアと私はそこまで行った。

「どうだい、きみたち、百ドル儲ける気はないか?」とロッキーが訊いた。

「何をするの?」とグロリアが訊いた。

「ねえ、きみたち」とソックス・ドナルドが言った。「すばらしい計画があるんだが、ただ、ちょっと協力してもらわないといけないいんでね――」

「あれはベン・バーニーの影響ね」とグロリアが私に言った。

「なんだって?」とソックスが言った。

「なんでもないわ」とグロリアが言った。「つづけてちょうだい――ちょっと協力してもらわないといけなかったんでしょう――」

「そうなんだ」とソックスは言った。「きみたち二人でここで結婚してもらいたい。公開結婚さ」

「結婚するんですか?」と私は言った。

「いや、ちょっと待ってくれ」とソックスは言った。「そんなに悪くないよ。わたしはきみたちに五十ドルずつあげるし、マラソンが終わって、離婚したかったら離婚すればいい。永久的なものでなくてもいいんだ。つまり、興行的なねらいというやつさ。どうかね？」

「あんたはばかよ」とグロリアは言った。

「本気じゃないんですよ、ミスター・ドナルド――」と私は言った。

「そうよ。結婚することに、わたし、異存はないわ」と彼女はソックスに言った。「でも、どうしてゲーリー・クーパーとか大物のプロデューサーや監督さんとかを選ばないの？　わたし、この人とは結婚したくないわ。自分一人の面倒を見ているだけでもたいへんなのに――」

「永久的なものじゃないいんだよ」とロッキーが言った。「たんなる客寄せじゃないか」

「そうなんだ」とソックスは言った。「もちろん、式は正式にあげなければいけない――見物人を集めるためには、そうしなきゃいけない。だが――」

「見物人を集めるために、結婚式をあげなくてもいいでしょう」とグロリアは言った。「あんたはみんなをアップアップさせかけているのよ。あのかわいそうな人たちが毎晩、フロアのあちこちで倒れるだけでも、りっぱな見せ場があるじゃないの？」

「きみはねらいがわかっていない」ソックスは顔をしかめながら、そう言った。

「ええ、そうよ」とグロリアは言った。「わたしはあなたより上手《うわて》よ」

「映画に出たいのだったら、これがきみのチャンスだ」とソックスは言った。「きみの結婚衣裳やきみの靴をそろえてくれる何軒かの店や、おめかししてくれる美容院ともう話をつけてしまった――ここには監督やお偉がたがたくさん来るだろうが、そういう連中が見てくれるのは、きみ一人しかいない。一生に一度のチャンスだよ。どうかね、きみは？」と私に訊いた。

「どうかなあ――」彼を怒らせたくないので、そう言った。結局のところ、彼がプロモーターなのだ。彼が私たちに腹をたてれば、失格したも同然だということを私は知っていた。

「彼は、いやだ、と言ってるわ」とグロリアは言った。

「彼女の言いなりってわけだ」とロッキーが意地の悪い言いかたをした。

「いいんだ」とソックスは言って、肩をすくめた。「きみたちが百ドルを遣わないというのなら、誰かほかの子に遣ってもらおう。少くとも」と私にむかって言った。「誰が財布の紐をにぎっているかはわかっているだろうね」彼とロッキーは笑いだした。

「きみは人にていねいな口がきけないのか？」その場をはなれると、私はグロリアに言った。

「いますぐ街へ行こう」

「いまだって明日だって同じことよ」と彼女が言った。

「きみは、ぼくがこれまで会ったなかでいちばん陰気な人だ。きみという人はいっそ死んだほうがいいんじゃないかと思うことがある」

「わかってるわ」

ステージの近くまで来ると、ソックスとロッキーが71組のヴィー・ラヴェルとメアリー・ホーリーを熱心に口説《くど》いているところだった。

「ソックスが彼女をだまくらかそうとしているようね」とグロリアが言った。「あのホーリーって馬《ひと》、雨をよけることができないのよ」

ジェイムズとルビーのベイツ夫婦が仲間入りしたので、私たち四人は並んで歩いた。グロリアが、ルビーに堕胎をすすめるのをやめてから、また親しい間柄にもどったのだ。「ソックスは結婚の話を持ちだしたでしょ？」とルビーが尋ねた。

「そうなんだ」と私は言った。「どうして知ったんだ？」

「みんなに持ちかけているからよ」とルビーは言った。

「わたしたちは冷たくはねつけてやったわ」とグロリアが言った。

「公開結婚ってまんざら悪いものでもないのよ」とルビーが言った。「わたしたちもその――」

「きみたちが？」と私は驚いて言った。ジェイムズとルビーがあまりにも品があって、静かで、お互いに深く愛しあっていたものだから、二人が公開の結婚式をあげたことなど、私にすれば想像もできなかったのだ。

「わたしたち、オクラホマのマラソン・ダンスで結婚したの」と彼女は言った。「三百ドル分ぐらいの品物ももらったわ。……」

「彼女の親父さんが結婚のお祝いに散弾銃をくれた――」ジェイムズは笑いながら、そう言うのだった。

突然、女が私たちの背後で悲鳴をあげた。私たちはうしろをふりかえった。ペドロ・オルテガのパートナー、リリアン・ベーコンだった。彼女は後ずさりしながら、ペドロから逃れようとしていた。ペドロは女に追いつくと、拳で顔をなぐった。彼女はフロアにしゃがみこんで、また悲鳴をあげた。ペドロは両手で首をつかまえ、締めつけながら、立ちあがらせようとした。彼の顔は狂人の顔だった。女を殺そうとしているのは、まちがいのないところだった。

誰も彼も同時にペドロにむかっていった。ひどい混乱だった。

ジェイムズと私がまっさきに彼のところまで行くと、彼をつかまえて、リリアンの首を締めている手をひきはなした。彼女は身体を硬くして、フロアにすわりこんだまま、両腕をうしろにまわし、口を開けて――まるで歯科医の椅子にすわった患者のようだった。ペドロは独り言をぶつぶつ言って、私たちの誰も見分けがつかないらしい。ジェイムズが突きとばすと、ペドロはうしろによろめいた。私はリリアンの腋《わき》の下に手を入れて、立ちあがらせた。彼女はマッスル・ダンサーのように身体をふるわせていた。

ソックスとロッキーがとんできて、両側からペドロの腕をつかんだ。

「どうしたんだ?」とソックスがどなりつけた。

ペドロはソックスを見て、唇を動かしたが、何も言わなかった。それから、ロッキーを見ると、顔の表情が変わり、兇暴な恨《うら》みの表情になった。いきなり、自分の腕をねじってふりほどくと、うしろにさがって、ポケットに手を入れた。

「気をつけろ――」と誰かがさけんだ。

ペドロはナイフを手にして、突進してきた。ロッキーは身をかわそうとしたが、あまりにもとっさのできごとだったので、そのいとまもなかった。ナイフは彼の肩下二インチの左腕をさっと捕えた。ロッキーは悲鳴をあげて、逃げだした。ペドロはむきなおって追いかけようとしたが、一足ふみだす前に、ソックスが革張りの棍棒《ブラック・ジャック》で後頭部をなぐりつけた。ラジオの音楽の音より大きな、そのはげしい一撃が聞こえたはずだ。まさに西瓜《すいか》を指ではじくような音だった。ペドロが顔にうつけた笑みをうかべて立っていたので、ソックスは棍棒でもう一度なぐった。

ペドロの腕がだらりとたれて、ナイフはフロアに落ちた。脚がぐらぐらしていたが、やがて倒れた。

「ここから連れだせ」とソックスは言って、ナイフを拾いあげた。

ジェイムズ・ベイツ、マック・アストン、ヴィー・ラヴェルの三人がペドロを持ちあげて、更衣室にはこんでいった。

「お客さまはお席をはなれないでください――」とソックスは観衆に言った。「おねがいします――」

私はリリアンを背後から支えてやっていた。彼女はまだふるえていた。

「いったいどうしたんだ?」とソックスが彼女に訊いた。

「わたしがだましたと言って責めたんです――」と彼女は言った。「それから、わたしをなぐって、首を締めてきたの――」

「つづけるんだ、みんな」とソックスが言った。「何ごともなかったようにやってくれ。おい、看護婦――この子を更衣室へ連れてって」ソックスがステージのロロに合図を送ると、休憩時間のサイレンが鳴った。それが二、三分早かった。看護婦が私の腕からリリアンをとると、そのまわりに女たちがみんな集まってきて、いっしょに更衣室へはいっていった。

私がフロアをはなれるとき、ロロが拡声器を通じ、さりげない声で何やら伝えているのが聞こえてきた。


ロッキーが上着とシャツをぬぎ、洗面台のところに立って、肩を一つかみのペイパー・タオルでかるくたたいていた。血が腕をつたって流れ、指先からぽたぽたたれていた。

「医者に診《み》てもらうんだね」とソックスが言った。「いったいあの医者はどこにいる?」とどなり声をあげた。

「ここです――」医者はそう言って、便所から出てきた。

「きみは、こちらで用があるときにかぎって、しゃがみこんでいる」とソックスは言った。「ロッキーのぐあいを診てやってくれ」

ペドロはフロアに横になり、マック・アストンがその前にかがみこんで、救助員が溺死《できし》しかかった人間にやるように、ペドロの胃のあたりを押していた。

「気をつけて――」ヴィー・ラヴェルはそう言いながら、水のはいったバケツを持ってやってきた。マックがうしろにさがると、ヴィーがペドロの顔に水をぶっかけた。なんの効き目もなかった。丸木のようにのびたままだった。

ジェイムズ・ベイツがもう一杯バケツの水を持ってきて、ペドロに浴びせた。こんどはペドロも息を吹きかえす気配を見せた。身体を動かして、目を開けた。

「生きかえったぞ」とヴィー・ラヴェルが言った。

「ロッキーをわたしの車で病院に連れていきましょう」医者はリンネルの上着をぬぎながら、そう言った。「傷が深い――骨に達するような傷ですから。縫合しないといけません。誰にやられたんですか?」

「この野郎が――」ソックスは言って、脚でペドロのほうをさした。

「かみそりを使ったにちがいありませんね」と医者は言った。

「これだ――」とソックスはナイフを医者にわたした。ソックスは革紐をまだ手首にまきつけたまま、片手に革の棍棒を持っていた。

「同じようなものだ」と医者は言って、ナイフを返した。

ペドロは起きあがって、顎をさすったが、その顔には茫然とした表情があった。

「おまえの顎じゃない」と私は心のなかで彼に言ってやった。「後頭部なんだ」

「たのむから、行こうよ」とロッキーが医者に言った。「刺し殺された豚みたいに血が出ているんだ。それに、この馬鹿野郎」とペドロに言った。「おれはきさまを告発してやる――」

ペドロは何も言わずに、兇悪な目で相手をにらみつけた。

「告発なんかするんじゃないよ」とソックスは言った。「いまだって厄介な問題をかかえているんだからね。この次は、だます相手に気をつけるんだな」

「わたしは誰もだましたりしてませんよ」とロッキーが言った。

「――」ソックスは言った。「裏口から連れていけ、先生《ドック》」

「行こう、ロッキー」と医者は言った。ロッキーが歩きだした。腕に巻いた間に合わせのガーゼの包帯がすでにぐっしょり濡れている。医者がロッキーの肩に上着をかけてやると、二人は出ていった。

「おまえはこのコンテストをぶちこわしにするつもりなのか？」ソックスはペドロに全神経を集中して、そう訊いた。「あいつをやっつけるんだったら、どうしてこれが終わるまで待たなかったんだ?」

「おれはやつの喉笛を切りさいてやるつもりだった」とペドロは正確な英語で冷静に言った。

「おれの婚約者を誘惑した――」

「ここできみの婚約者を誘惑したのなら、彼は魔術師だ」とソックスは言った。「誘惑なんかできる余地はないじゃないか」

「その場所を知っているよ」と私は心のなかで言った。

ロロ・ピーターズが更衣室にはいってきた。「きみたち男は眠らなきゃだめじゃないか」と言った。「ロッキーはどこだ?」まわりに目をやりながら、そう尋ねた。

「先生《ドック》が病院に連れてったよ」とソックスが教えてやった。「むこうの連中はどうかね?」

「落ちつきましたよ」とロロは言った。「新しい出しものの稽古をしていたんだって言っておいた。ロッキーはどうなったんですか?」

「大したことはない。この異人さんに片腕をちょん切られるところだったというだけのことさ」

ペドロのナイフをロロにわたした。「ほら、こいつを持ってって、始末してくれ。ロッキーのことがわかるまで、きみがアナウンスをやってくれ」

ペドロがフロアから立ちあがった。「お客さんの前でこんなことになってしまって、たいへんすみません」と言った。「ほんとに申しわけないんですが、わたしはおそろしく気が短くて――」

「もっとひどいことになったかもしれないんだ」とソックスは言った。「満員になる夜なんかに起きてみろ。頭はどうだ？」

「痛いです」とペドロは言った。「こんどのことはたいへんすみません。ぼくは優勝して、千ドルもらいたかった——」

「まだチャンスはあるさ」とソックスが言った。

「というと、ぼくは失格しないんですか？　かんべんしてくださると言うんですか？」

「かんべんしてやるよ」——とソックスは言って、棍棒をポケットに落とした。

……右の
所長
により……

10

経過した時間……………783
残ったチーム……………26

「みなさん」とロッキーは言った。「ダービーがはじまる前に、主催者側の求めにより、今夜より一週間後に当ホールで公開結婚が行われることをお伝えしておきます――このフロアで71組、ヴィー・ラヴェルとメアリー・ホーリーの、まことの、真実にあふれた結婚式です。前に出てください、ヴィーとメアリー。きみたちがどんなにすてきなカップルであるかをみなさまがたに見せてあげて――」

トラック・スーツを着たヴィーとメアリーがフロアの中央に出ると、拍手にこたえて一礼した。ホールはまた満員だった。

「――といっても」とロッキーは言った。「それまでお二人がダービーで失格しなければ、ということです。とにかく、そうならないことを祈りますね。この公開結婚は、ただただみなさまがたにハイ・クラスのお愉しみを提供したいという主催者側の方針に沿ったものでして――」

レイデン夫人が私のセーターの背中をひっぱった。

「ロッキーの腕はどうしましたの?」と小声で訊いた。ロッキーが相当な事故にあったことは傍目《はため》にもわかった。右腕は、ふだんと変わりなく、上着の袖を通しているが、左腕のほうは吊ってあって、その横にケープのように上着を着ていたのだ。

「腕をくじいたんですよ」と私は言った。

「ただ九針縫っただけですって」とグロリアは声をひそめて言った。

「だから、昨夜はここにいなかったわけなのね」とレイデン夫人が言った。「事故に遭って――」

「そうです」

「落っこちたの?」

「ええ、そんなところでしょう――」

「――あの美しい映画スター、ミス・メアリー・ブライアンをご紹介します。ご挨拶できますか、ミス・ブライアン?」

ミス・ブライアンが一礼した。観衆は拍手した。

「――そして、名喜劇俳優のミスター・チャーリー・チェイスです――」チャーリー・チェイスが特別席から立って、お辞儀をすると、前よりも大きな拍手が起こった。

「わたし、あの紹介が嫌いなの」とグロリアが言った。

「でも、きみが紹介されるんだったら、いいんじゃないのか？」と私は言ってやった。

「しっかりね――」私たちがステージのほうへ行くときに、レイデン夫人はそう言った。

「うんざりだわ」とグロリアは言った。「有名人を見るのにうんざりしているし、おんなじことをまた、なんどもなんどもやることにうんざりしているの――」

「ときどき、きみに出会ったことを後悔するよ」と私は言った。「こんなことは言いたくないんだが、ほんとうのことなんでね。きみに会う前は、ぼくは、陰気な人たちとつきあうのがどういうことなのかを知らなかった。……」

私たちはほかのチームといっしょに、スタート・ラインの後方にかたまった。

「わたしは生きることに飽きて、死ぬことがこわいのよ」とグロリアが言った。

「おい、その台詞《せりふ》はいい歌になるぞ」ジェイムズ・ベイツが、グロリアの話を耳にして、そう言った。「生きることに飽きあきしたから、死ぬのをこわがっている。あの波止場の黒んぼのじいさんを歌に書けるじゃないか。そのじいさんが綿を持ちあげながら、ミシシッピ河にむかって歌をうたってるということにしてもいい。そうだ、いい題がある――〈オールド・マン・リヴァー〉ということにしたら――」

グロリアは赤んべえをしながら、相手をにらんだ。

「おや、いらっしゃい――」ロッキーは、ステージまでやってきたレイデン夫人に声をかけた。「みなさん――」とマイクロフォンにむかって言った。「みなさまがたにマラソン・ダンス・ファンの世界チャンピオンをご紹介したいと思います――このコンテストがはじまってから、ただの一夜も欠かしたことのないご婦人です。こちらがミセス・レイデンです。主催者側は夫人に、いつでも有効、いつも有効という定期無料入場券を発行しました。ミセス・レイデンに絶大なる拍手を、みなさん。――ご挨拶をおねがいします、ミセス・レイデン――」

レイデン夫人はひどくどぎまぎして、どうしたらいいのか、何を言ったらいいのかもわからずに、しばらくためらっていた。しかし、観客が拍手すると、彼女は二、三歩前にすすみでて、ぎこちなくお辞儀した。これが彼女の生涯でも最大の驚きの一つであったことは、傍目にもわかったはずである。

「マラソン・ダンスのファンでいらっしゃるみなさんは前にもここで夫人をお見かけしたでしょう」とロッキーは言った。「夫人は毎夜、ダービーの審査員をつとめています――夫人がいなければ、ダービーができなかったでしょう。マラソン・ダンスはいかがですか、ミセス・レイデン?」と質問して、腰をかがめると、マイクロフォンを移動させて、夫人が話せるようにしてやった。

「彼女は嫌いなのよ」とグロリアは声をひそめて言った。「彼女が来るもんですか、あんたってばかな人ねえ――」

「わたしは好きですよ」とレイデン夫人が言った。すっかりあがってしまって、口がきけないほどだった。

「ごひいきのカップルは、ミセス・レイデン？」

「わたしのごひいきは22番の――ロバート・サイヴァーテンとグロリア・ビーティです」

「夫人のごひいきのカップルは22番です、みなさん。スポンサーは肥《ふと》らないジョナサン・ビールです――二人に優勝してもらいたいというわけですね、ミセス・レイデン？」

「はい、そうです。それから、わたしがもっと若かったら、自分でこのコンテストに参加していたことでしょう」

「それはけっこうです。どうもありがとうございました、ミセス・レイデン。では――わたくしもうれしいのですが、あなたに定期無料入場券をお贈りします――ミセス・レイデン――主催者からの贈り物ですよ。いつお出でになっても、お金を払わずに――」

レイデン夫人は入場券を受けとった。感謝と感激ですっかり圧倒されてしまい、微笑をうかべるのとうれし泣きにくれるのと、顔をうなずかせるのを同時にやっていた。

「いまがまた得意の一瞬ね」とグロリアは言った。

「黙ってろ！」と私は言った。

「では――審査員の用意はよろしいですか？」ロッキーはからだをまっすぐにして、そう尋ねた。

「いつでもどうぞ」ロロはそう言いながら、レイデン夫人を審査員席の椅子にすわらせてやった。

「みなさん」とロッキーは言った。「大部分のみなさまがたはダービーの規則や反則をご存じでしょう――でも、このようなコンテストをはじめてごらんになるかたたちのために、どういうことなのかをわかっていただこうというわけで、わたくしからご説明申しあげます。出場者は、男性だけがかかとと爪先だけで、女性は走るか、あるいは早足に歩くかどちらか好きなほうで、十五分間トラックをまわります。もしもなんらかの理由で、カップルの一人が休憩所《ピット》にはいれば――休憩所は、鉄製の寝台がおいてあるフロアの中央にあります――かりに何かの理由で、一人が休憩所入りすれば、そのパートナーはトラックを二周すると、一周したことにかぞえられるわけです。おわかりですか？」

「さっさとはじめろ」と観客の一人がさけんだ。

「看護人やトレイナーの用意はいいですか？　医者も待機していますね？　では――」彼はロ

ロにスターターのピストルをわたした。「スタートの合図をおねがいできますか、ミス・デルマー?」とロッキーはマイクロフォンにむかって訊いた。「みなさん、ミス・デルマーは有名なハリウッドの作家であり、小説家でして――」

ロロがミス・デルマーにピストルをわたした。

「帽子をおさえて、みなさん」とロッキーはさけんだ。「オーケストラ、演奏の用意を。よろしく、ミス・デルマー――」

彼女がピストルを発射すると、私たちはスタートした。

グロリアと私はほかの競走馬たちにペースをまかせた。私たちはがんばって、前に出ることをしなかった。私たちの作戦は一定した速度でつねにトラックをまわることだった。今夜は特別の賞金もなかった。よしんばあったところで、私たちにはどうでもいいことだった。

観衆は手をたたき、足を踏みならして、スリルを求めたが、今夜は、そうしたスリルのない夜だった。ただ、女の一人、ルビー・ベイツが休憩所にはいったが、それも二周するあいだだけのことだった。そして、何週間ぶりかではじめて、レースが終わったとき、フロアにくずおれる出場者が一人も出なかった。

しかし、何か私をぎょっとさせることがあった。グロリアが前よりも強く、そして長いあいだ私のベルトを引っぱったので、ダービーの最後の五分間は、自分の力が尽きたみたいだった。事実、私は彼女を引きずるようにしてトラックをまわった。やっと失格しないですんだという感じがした。《私たちはかろうじて助かったのだ。その夜おそく、レイデン夫人は、私たちの審査にあたっていた男と彼女が話したことを私に打ち明けてくれた。私たちは負けたチームよりわずか二周多いだけだった。それが私をひやりとさせた。これからは自分の作戦をやめて、積極的にやろうと私は心に決めた》

最下位は16組のベージル・ジェラードとジニーヴァ・トゥームリンだった。二人は自動的に失格した。ジニーヴァが終わって、ほっとしていることを私は知っていた。彼女は、コンテストの第一週に出会ったあの釣船の船長と結婚できるのだった。

私たちが食事をしているあいだに、ジニーヴァがフロアにもどった。街着に着かえていて、小さな旅行鞄を持っていた。

「みなさん――」とロッキーがマイクロフォンに言った。「――今夜消える、すばらしい女性がいます。きれいじゃありませんか？　大きな拍手を、みなさん――」

観客が拍手すると、ジニーヴァはステージのほうへ歩いていきながら、左右にむかって頭を下げた。

「これがスポーツマンシップです、みなさん――彼女とパートナーははげしい競争のダービーで敗れはしましたが、彼女は笑っています——みなさんにささやかな秘密をお知らせしましょう——」マイクロフォンにいっそう顔を近づけると、声高にささやいた。「彼女は恋をしているのです。彼女は結婚します。そうなんですよ、みなさん、昔からあるマラソン・ダンスはロマンスの本家なのです。と言いますのも、ジニーヴァは当ホールで出会った男性と結婚するからです。彼は家にいるんですか、ジニーヴァ？　ここに来てますか？」

ジニーヴァは笑顔でうなずいた。

「その幸運な男はどこにいますか？」とロッキーは尋ねた。「どこですか？　立ってください、船長、挨拶してください——」

観客のすべてが首をのばして、周囲を見た。

「あそこです——」とロッキーはどなって、ホールの反対側を指さした。男が特別席の手すりをのりこえて、ジニーヴァのほうへフロアをやってきた。船乗り特有の歩きかただった。

「一言、おねがいします、船長——」ロッキーはそう言って、マイクロフォンのスタンドを傾けた。

「ぼくはジニーヴァにはじめて会ったときから愛してしまった」と船長は観客に言った。「それで二、三日たってから、マラソン・ダンスをやめて、ぼくと結婚してくれないかってたのんだんです。でも、彼女は、パートナーを見すてるようなことはしたくないって、断わってきた。だから、ぼくとしてもこのへんで待っているほかにどうしようもなかったんです。いま、彼女が失格になって、ぼくはうれしいし、新婚旅行が待ちきれない――」

観衆がどっと笑った。ロッキーがマイクロフォン・スタンドをまたまっすぐにもどした。「花嫁に銀の雨を、みなさん――」

船長はマイクロフォン・スタンドをつかみ、自分の口もとまで引きおこした。「お布施《ふせ》はけっこうです、みなさん」と言った。「ぼくは彼女の世話ぐらいできます――」

「元祖ポパイね」とグロリアが言った。

銀の雨はなかった。一枚の硬貨もフロアに飛んでこなかった。

「おわかりでしょうか、じつに遠慮深い青年です」とロッキーは言った。「でも、わたくしからこう申しあげてもよろしいかと存じますが、彼は、この桟橋から三マイルのところに碇《いかり》をおろしている四本マストの釣船、パシフィック・クィーン号の船長なのです。日中はいつでも水上タクシーがあります――ですから、みなさまがたのなかで、沖の釣りをお楽しみになりたいかたがあれば、船長といっしょにお出かけになることですね――」

「彼女にキスしてやれよ、いい男」と観客の誰かがわめいた。

船長がジニーヴァにキスして、フロアから連れだすと、その間、観衆ははやしたて、拍手を送っていた。

「これは、マラソン・ダンスが縁結びとなった二つめの結婚です、みなさん」とロッキーは言った。「来週ここで行われるすばらしい公開結婚式をお忘れなく。71番のカップル、ヴィー・ラヴェルとメアリー・ホーリーがみなさんの目の前で結婚するのです。はじめて――」と彼はオーケストラに言った。

ベージル・ジェラードが街着姿で更衣室から出てくると、このホールで最後の食事をとりに、テーブルのほうへ行った。

ロッキーはステージに腰をかけて、脚をぶらぶらさせていた。

「わたしのコーヒーに気をつけて――」とグロリアが言った。

「オーケイ、オーケイ」ロッキーはそう言うと、茶碗をちょっとずらした。「食べ物はどうかね?」

「けっこうだね」と私は言った。

中年の女が二人、こちらへやってきた。特別席にすわっているのを五、六度見かけた女たちである。「あなたが支配人ですか?」と女の一人がロッキーに訊いた。

「そういうわけでもありませんが」とロッキーは答えた。「わたしは副支配人でして。どんなご用ですか?」

「わたしはミセス・ヒグビーです」とその女は言った。「こちらがミセス・ウィッチャー。内々にお話があるのですが」

「内々と言っても、わたしはここでかまいませんよ。ご用件はなんですか？」

「わたしたちは会長と副会長で――」

「どうした？」ソックス・ドナルドが私のうしろをまわってやってくると、そう尋ねた。

「こちらが支配人ですよ」とロッキーはほっとした顔をしてみせた。

二人の女はソックスを見た。「わたしたちはミセス・ヒグビーとミセス・ウィッチャーです」とヒグビー夫人が言った。「わたしたちは良風母親連盟の会長と副会長で――」

「ばかばかしい」とグロリアは小声で言った。

「それで？」

「わたしたちは決議文を持ってきたのです」ヒグビー夫人はそう言って、折りたたんだ紙をソックスの手につきつけた。

「いったい何ごとですか？」とソックスは訊いた。

「これですわ」とヒグビー夫人は言った。「わたしたちの良風連盟はあなたにコンテストの中止を申し入れ――」

「待ってください」とソックスは言った。「わたしの事務所に行って、この問題をとっくりと話しあいましょう――」

ヒグビー夫人がウィッチャー夫人を見ると、ウィッチャー夫人はうなずいた。「けっこうですわ」とヒグビー夫人が言った。

「きみたちもいっしょに来てくれ――きみもだ、ロッキー。ちょっと、看護婦さん、この茶碗と皿を片づけて――」ソックスは二人の女ににっこり笑いかけた。「おわかりでしょう」と言った。「出場者にはエネルギーを消耗させるようなことは何もやらせません。こちらです、奥さん――」

彼は先頭に立ってフロアを出ると、ステージの後方から、建物の一角にある事務所へ行った。歩いているとき、グロリアがわざとつまずいて、ヒグビー夫人にいきなり倒れかかり、両腕を夫人の頭に巻きつけた。

「ああ、すみません――申しわけありません――」とグロリアは言って、自分が何につまずいたのかを見ようと、フロアに目をやった。

ヒグビー夫人は何も言わずに、グロリアをすごい目つきでにらみ、自分の帽子をまっすぐにした。グロリアは肘で私をそっとつついて、ヒグビー夫人のうしろからウィンクしてみせた。

「忘れないでくれよ、きみたちが証人だってことを――」事務所にはいるときに、ソックスが小声でそう言った。その事務所は以前ロビーだったところで、ひどくせまかった。グロリアといっしょにマラソン・ダンスの参加申しこみにここへ来たときから、ほとんど変わっていないことに私は気がついた。変わったと言えば、ソックスが壁にはりつけた女のヌード写真が二枚ふえたことだけである。ヒグビー夫人とウィッチャー夫人はすぐさまこの写真に気づいて、意味ありげに視線をかわした。

「おかけください、奥さん」とソックスは言った。「さて、どういうことですか？」

「良風母親連盟はこのコンテストの中止を申し入れます」とヒグビー夫人は言った。「わたくしたちは、コンテストが低俗であり下品であって、この町に有害な影響をあたえると決議しました。あなたに中止していただくことを決議して――」

「中止ですって？」

「いますぐです。それを拒否すれば、わたしたちは市会へ行きます。このコンテストは低俗で下品で――」

「奥さんがたはわたしをまったく誤解してますよ」とソックスは言った。「このコンテストに下品なところは一つもありません。いや、この若い人たちはマラソン・ダンスが大好きなんですよ。これがはじまってから、一人残らず体重もふえている――」

「あなたはこのコンテストに、まもなく母親になろうという女性を参加させています」とヒグビー夫人が言った。「ルビー・ベイツとかいう女性ですわ。赤ちゃんがまもなく生まれようというときに、そういう女性を一日中走らせたり歩かせたりするなんて、犯罪行為です。おまけに、彼女があんな半裸の姿で世間に見せびらかしているのを見るのは、ショックですわ。せめてコートを着るぐらいの礼儀はわきまえてもらいたいと思いますね――」

「いや、奥さん」とソックスは言った。「わたしはこれまでそういう点を見落としてきました。ルビーは、自分が何をしているかということを、いつも心得ているようでしたからね――それに、あの子のおなかには、わたしもぜんぜん気がつかなかった。しかし、おっしゃることはわかります。コンテストから彼女を除外してもらいたいというわけですな?」

「もちろんですわ」とヒグビー夫人が言った。ウィッチャー夫人は顔をうなずかせた。

「わかりました、奥さん。おっしゃるとおりにしましょう。わたしは駆引きがへたでしてね。彼女の病院の費用もこちらで払うようにしましょう。……教えていただいて、お礼を申しあげます。その点についてはすぐに処理します――」

「それでおしまいではないのです」とヒグビー夫人が言った。「来週、公開結婚をするつもりですか、それとも、それは、低能なお客を集める、たんなる宣伝だったのですか?」

「わたしは、これまでいかがわしいことは何一つやっておりませんよ。あの結婚式はまともなものです。わたしは、そんな、お客を裏切ることはいたしません。わたしがどんな男であるか、わたしと仕事をしているどなたにでも訊いてごらんなさい――」

「評判のほどはよく存じております。ですけど、あなたがそんな冒瀆的な行為のスポンサーになるなんて、わたしにはとても信じられませんの――」

「結婚する二人はおたがいに深く愛しあっております」とロッキーは言った。

「そんなまやかしは、わたくしたち、許しません」とヒグビー夫人が言った。「わたくしたちは、このコンテストをただちに中止することを要求します！」

「中止したら、この人たちはどうなるの？」とグロリアが訊いた。「また路頭に迷うことになるわ――」

「そういう弁護はよしていただきたいわ、お嬢さん」とヒグビー夫人は言った。「このコンテストは悪徳です。悪い面をひきだします。参加者の一人は逃亡中の殺人犯でしたね――あのシカゴのイタリア人――」

「いや、奥さん、それはわたしの責任じゃありませんね」

「あなたの責任です。わたしがここへ来たのは、わたしたちの町を清潔にし、こんな悪い影響をあたえるものから解放する義務があるからですわ――」

「わたしと副支配人が外に出て、相談してきてもよろしいですか？」とソックスが訊いた。「もしかしたら、なんとかできるかも――」

「……けっこうですわ」とヒグビー夫人が言った。

ソックスがロッキーに合図すると、二人は外に出た。

「奥さまたちにはお子さんがおありですか?」ドアがしまると、グロリアがそう訊いた。

「わたしたちは二人とも大きな娘がおります」とヒグビー夫人が答えた。

「そのお嬢さんたちが今夜どこにいるか、何をしているか、ご存じですか?」

二人とも返事しなかった。

「大ざっぱなところなら、わたしからお教えできるかもしれないわ」とグロリアが言った。「あなたたちお二人のようなやんごとないおかたがここに来て、知らない人たちのために義理だてしているあいだに、あなたがたのお嬢さんたちはたぶん男のアパートにはいりこんで、着ているものをぬいで、酔っぱらっているわ」

ヒグビー夫人とウィッチャー夫人が同時に息を呑んだ。

「社会改良家の娘ってだいたいそういうふうになるわね」とグロリアは言った。「遅かれ早かれ、お嬢さんたちはみんな寝かされちゃうし、そんなお嬢さんたちの大部分があまりものを知らないから、妊娠させられてしまうのよ。あなたたちが純潔だの礼儀だのについてつまらないお説教をして、お嬢さんたちを家から追いだしてしまうんだわ。おまけに、あなたたちはお節介を焼くので大忙しときているから、お嬢さんたちに人生の真実を教えてやることもできないのよ——」

「まあ——」ヒグビー夫人は顔をまっ赤にして、そう言った。

「わたくし——」とウィッチャー夫人が言った。

「グロリア――」と私は言った。

「誰かがあなたたちのような女に教えてやってもいいころなのよ」グロリアはそう言って、ドアのほうへ行くと、二人の女をひきとめておこうとするかのように、ドアを背にして立った。「そして、わたしがそれをする娘というわけね。あんたたちは、お手洗いにもぐりこんで、いかがわしい本を読んだり、不潔な話をしたり、それから出かけていって、他人の愉しみを台無しにしようとしたりするような、いやらしい女なのよ――」

「そのドアからどいて、わたしたちを外に出してちょうだい！」とヒグビー夫人が甲高い声で言った。「あなたの話なんか聞きたくもないわ。わたしは人さまからも尊敬される女です。わたしは日曜学校の先生ですよ――」

「話がすむまで、一歩も――動くもんですか」とグロリアは言った。

「グロリア――」

「あなたたちの良風連盟やくだらない婦人クラブは」と彼女は私を完全に無視して言った。「二十年間一度も――ない、お節介ないやらしい年寄りの女たちでいっぱいなんだわ。どうしてあなたたちおばあさん連中は、ときどき出かけていって――買わないの？　そこがあなたたちのいけないところなのよ。……」

ヒグビー夫人はグロリアをなぐろうとするかのように、腕をふりあげて、彼女のほうにつめよった。

「どうぞ——なぐってよ」とグロリアは言って、動こうとしなかった。「なぐって！——あんたがちょっとさわっただけでも、わたしは、あんたの——顔を蹴とばしてやるから！」

「あなたという人は——なんて——売女《ばいた》！」ヒグビー夫人は怒りのあまり、そう言った。ドアがあいて、グロリアがはじきとばされた。ソックスとロッキーがはいってきた。

「この——この——」とヒグビー夫人は言って、グロリアのほうへ向けた指をふるわせた。

「どもるのはよして」とグロリアが言った。「——はっきり言いなさい。言いかたを知ってるくせに。売女《ばいた》。バ・イ——」

「静かにしてください！」とソックスは言った。「わたしと副支配人は奥さんたちのおっしゃるとおりに善処することに決めましたよ——」

「わたしたちはここをただちに閉鎖することを申し入れます」とヒグビー夫人は言った。「さもなければ、明朝、市会へ行きますわ——」

彼女はウィッチャー夫人をしたがえて、出ていきかけた。

「お嬢さん」とヒグビー夫人はグロリアに言った。「あなたは感化院にはいるべきよ！」

「昔はいったことがあるわ」とグロリアは言った。「ちょうどあんたのような女が係だったの。同性愛の女だったわ。……」

ヒグビー夫人がまたぎょっとなって、出ていくと、その後ろからウィッチャー夫人がつづいて出ていった。

グロリアはその後ろ姿にむかって乱暴にドアをしめると、椅子に腰をおろして、すすり泣きをはじめた。両手で顔をおおい、泣くまいとするのだが、どうにもならなかった。ゆっくりとからだを前にのりだし、そのからだを折りまげ、まるで上体の力がなくなったみたいに、からだをふるわせ、身をよじって、感情をむきだしにしたのだった。しばらくのあいだ、部屋の物音といえば、彼女のすすり泣く声と、半分ひらいた窓から聞こえてくる波のうねりだけだった。

やがて、ソックスはグロリアのほうへ行くと、その頭にやさしく手をおいた。「泣くな、いい子だから、泣くんじゃない――」と言った。

「このことは内証にしておいてくれ」とロッキーは私に言った。「ほかの人間には何も言うな――」

「言わないよ」と私は言った。「ということは、店じまいをしなきゃいけないということか?」

「そうでもないと思うがね」とソックスは言った。「ただ、誰かを買収するようにしないといけないなということさ。朝になったら、わたしの弁護士に相談するよ。ところで、ロッキー――ルビーにニュースを知らせてやってくれ。彼女にはやめてもらう。あの女のことでは、うるさいことを言う女が多いんでね――」ソックスはドアのほうを見た。「わたしは自分の商売をやってるべきだったよ」と言った。「くそいまいましい女どもめ……」

……死刑の
執行を
とり行う……

11

経過した時間……………855
残ったチーム…………21

マラソン・ダンス戦争たけなわ
市会がコンテストを中止させねば
母親連盟　大会を召集
論議を呼ぶ第三日

良風母親連盟は今日もマラソン・ダンスへの攻撃の手を休めず、市議会がコンテストを中止させなければ、市民に直接訴える模様である。マラソン・ダンスは過去三六日間にわたり海岸の遊園地でつづけられてきた。

良風連盟の会長と副会長であるJ・フランクリン・ヒグビー夫人とウィリアム・ウォーレス・ウィッチャー夫人とは本日午後ふたたび市議会を訪れ、ダンスの続行に抗議した。市会は、市検事がどんな法的手続をとるかを決定すべく法令を充分に検討中である旨を両夫人に通告した。

「われわれは法律をどう解釈するかを知らなければ、どんな行動もとれない」と市議会議長のトム・ヒンズデルは語った。「これまでのところ、この事件に該当するような法令はなかったのだが、市検事はあらゆる法令を調べている」

「疫病が当市をおびやかしても、市会は躊躇《ちゅうちょ》するのですか?」とヒグビー夫人は質問した。「もちろん、躊躇することはないでしょう。そういう事態に対処できる、はっきりした法律がなければ、緊急命令を出すでしょう。マラソン・ダンスは疫病です――低俗であり、下品であり、しかも同じホールの大衆酒場は、やくざやごろつきや悪名高い犯罪者のたまり場になっています。たしかに、あそこは子供向きの雰囲気がありません……」

私はその新聞をレイデン夫人に返した。「ミスター・ドナルドの話だと、彼の弁護士は、市なんか何もできないって言ったそうですよ」と私は言った。

「それはあまり関係のないことでしょう」とレイデン夫人が言った。「あの女たちは中止させようとがんばるでしょうし、法律があろうとなかろうと、そうしますよ」

「マラソン・ダンスが有害だとは思えないんですがね。でも、酒場のことはあたっている。パーム・ガーデンでは恐しい連中をだいぶ見かけましたからね。……ぼくたちを閉めだすまでにどれぐらいかかると思いますか？」

「わたしにはわかりません。けれど、中止になるわね。そうなったら、どうするつもり？」

「まっさきに、ぼくはたっぷり日にあたりますね。ぼくは雨が好きで、太陽が嫌いだったけれど、いまは逆になってしまった。ここでは、あまり日にもあたれないんでね――」

「そのあとはどうするつもりなの？」

「べつに計画はないんです」

「そうなの。グロリアはどこかしら？」

「トラック・スーツを着ているところです。まもなく出てきますよ」

「あの人はだんだん力がなくなってきてるんじゃないの？　お医者が一日に五、六回、心臓を診てやらないといけないと言ってたけど」

「べつになんでもありませんよ。医者はみんなを診ますからね。グロリアは大丈夫です」

グロリアは大丈夫ではなかったし、私もそれを知っていた。私たちはダービーでだいぶ苦労していたのだ。この二晩をどうやって切り抜けたのか、私には永久にわからないだろう。グロリアは二度のレースで十度以上も休憩所《ピット》を往復した。しかし、私が簡単に結論にとびつかなかったのは、医者が一日に六回か七回、彼女の胸を診察したからだ。聴診器では彼女の苦しみをつきとめられないことが私にはわかっていたのだ。

「もっとこちらに寄ってちょうだい、ロバート」とレイデン夫人が言った。はじめて彼女に名前を呼ばれたので、私は照れた。上体を手すりからのりだしながら、身体を動かしてないことでコンテストの規則を破っているなどと誰にも言わせないために、身体をゆらゆらさせた。ホールはぎっしり満員だった。

「わたしがあなたのお友だちだということはご存じね?」とレイデン夫人が言った。

「ええ、わかってますよ」

「あなたにスポンサーをつけてやったこともご存じでしょう?」

「ええ、知ってます」

「わたしを信用してくださる?」

「ええ、信用しますよ」

「ロバート――グロリアはあなたにはお似合いの女の子じゃないわ」

私は、次に何が来るのだろうと思いながら、何も言わなかった。なぜレイデン夫人が私にそれほど興味を持ったのかがどうしても理解できなかった。まさか……しかし、そんなはずはない。彼女は私のお祖母さんにあたるほどの年齢である。

「彼女はいい女にならないわ」とレイデン夫人が言った。「悪い人だし、あなたの人生をだめにしちゃうでしょう。あなただって他人に自分の一生をだめにされたくないわね？」

「彼女がぼくの一生をだめにするもんですか」

「あなたがここから出たら、二度と彼女に会わないって約束して」

「いや、ぼくは彼女と結婚するつもりなんかありませんよ。彼女を愛してもいない。彼女なら大丈夫ですよ。ただ、ときどきちょっとふさぎこむだけですから」

「ふさぎこんでいるんじゃありません。情がないのよ。何もかも嫌いだし、どんな人間も嫌いなのね。残酷で危険な女よ」

「彼女をそんなふうに見ていたとは、知りませんでしたよ、ミセス・レイデン」

「わたしはおばあさんです。すっかり年齢《とし》をとってしまった――おばあちゃんですわ。自分がどんな話をしているかはわかっていますよ。これがすんだら――ロバート」といきなり言った。

「わたしは、あなたが思っているほど貧乏じゃありません。貧乏ったらしく見えても、貧乏人じゃあないのよ。わたしはお金持よ。すごいお金持。すごい変人なの。あなたはここから出たら――」

「あら――」グロリアが、どこからともなくやってきて、そう言った。

「――まあ」とレイデン夫人が言った。

「どうしたの?」とグロリアがあわてて尋ねた。「お邪魔かしら?」

「べつにお邪魔じゃないよ」と私は彼女に言った。

レイデン夫人は新聞をひらいて読みはじめた。グロリアと私はステージのほうへ歩いていった。

「彼女、わたしのことをなんて言ったの?」とグロリアは訊いた。

「なんでもないよ」と私は言った。「ただ、マラソン・ダンスが中止になる話をしてたんだ――」

「ほかのことも話してたでしょう。わたしが行ったら、どうして唖《おし》みたいに黙ってしまったのかしら?」

「それはきみのかんぐりだ――」

「みなさん――」とロッキーがマイクロフォンに言った。「――あるいは、新聞をお読みになったかもしれませんが」と客席が静かになると、話をつづけた。「わたしはあえて申しあげたい――馬鹿野郎と」これには爆笑が起こった。観衆はロッキーの言うことがわかったのだ。「ごらんのように、世界選手権を賭けたマラソン・ダンスはつづいております。そして、わたしたちは、出場者がたった一人になるまで——つまり、優勝が決定するまで、つづけるものであります。今夜も来ていただいたことにあつく御礼を申しあげたいと思います。と同時に、明晩がぜったいに見のがせない、盛大な公開結婚式の夜であることをお忘れなきようおねがいいたします。71組のヴィー・ラヴェルとメアリー・ホーリーとがみなさまがたの目の前で、当市の有名な牧師にお出でねがい、結婚式をあげるのです。お席の予約をしてないかたは、いますぐに予約されたほうがよろしいでしょう——

「それから、ダービーがはじまる前に、名士のかたたちを三、四人ほど紹介しましょう——」

彼は紙片に目をやった。「みなさん、来賓のお一人は誰あろう二枚目の映画スター、ビル・ボイドです。ご挨拶をおねがいします。ミスター・ボイド——」

ビル(スクリーン)・ボイドが立ちあがって一礼する間に、観客は拍手を送った。

「次は、映画と舞台のスター——ケン・マーリーです。ミスター・マーリーは有名なゲスト何人かとごいっしょです。このステージまで来ていただいて、ゲストのかたがたをご紹介いただけませんでしょうか?——」

観衆は騒々しいほどの拍手を送ってきた。マーリーはためらっていたが、結局、手すりをとびこえて、ステージまでやってきた。

「では、みなさん——」とマイクロフォンをつかんで言った。「最初は若い、話題のスター、ミス・アニタ・ルイーズ――」

ミス・ルイーズが立ちあがった。

「――そして次はミス・ジューン・クライド――」

ミス・クライドが立ちあがった。

「――ミス・スー・キャロル――」

ミス・キャロルが立ちあがった。

「――トム・ブラウン――」

トム・ブラウンが立ちあがった。

「――ソーントン・フリーランド――」

ソーントン・フリーランドが立ちあがった。

「――これでおしまいです、みなさん」

マーリーはロッキーと握手して、仲間のところにもどった。

「みなさん――」とロッキーが言った。

「彼が紹介しなかった名監督があそこにいる」と私はグロリアに言った。「フランク・ボーザージがいるよ。声をかけてやろう――」

「なんのために?」とグロリアが言った。

「彼は監督じゃないか？　きみを映画に出してくれるかもしれないんだぜ――」

「映画なんてどうでもいいわ。わたしはいっそ死んでしまいたい――」

「ぼくは行ってくるよ」

私はひどく自分を意識しながら、特別席の前のフロアをぶらぶら歩いていった。二度か三度、気おくれしかけて、ひきかえそうとした。

「それだけのことはあるんだ」と私は自分に言い聞かせた。「世界でも有数の監督の一人だ。いつかおれも彼に負けないくらい有名になって、今日のことを彼に思い出させてやるんだ――」

「今晩は、ミスター・ボーザージ」と私は言った。

「やあ」と彼は言った。「今夜、勝つのかね？」

「だといいんですがね……『戦場よさらば』を見ましたよ。すばらしいと思いました」

「気に入ってもらってうれしいね――」

「いつかはぼくもそうなりたいんです。あなたのような監督に――」

「そうなることをねがってるよ」

「じゃあ――。さよなら」私はステージのほうへもどった。

「あれがフランク・ボーザージだ」とキッド・カムに教えてやった。

「そうか？――」

「大監督なんだ」

「ほう――」

「それでは――」とロッキーが言った。「審査員は用意ができましたね？　みんな、スコア・シートを持ってるか、ロロ？――いいよ、きみたち――」

私たちはスタート・ラインまで行った。

「今夜は無理しないことにしよう」と私はグロリアに小声で言った。「ばかな真似はできない――」

「位置について、みんな」とロッキーが言った。「看護人とトレイナーも待機して――帽子をしっかり持って、みなさん――オーケストラは演奏の用意をしてください――」

彼は自分でピストルを発射した。

グロリアと私は飛びだし、キッド・カムとジャッキー・ミラーのすぐうしろ、二位についた。二人が首位だったけれど、いつもならジェイムズとルビーのベイツ夫婦がとる位置である。最初のターンにかかったとき、私はジェイムズとルビーのことを考え、どこに行ったのかと思った。二人がいなくては、ダービーにならないような気がしたのだ。

第一周の終わりで、マック・アストンとベス・カートライトが私たちの前に飛びだしてきて、二位を占めた。私は前よりも速くヒール・アンド・トゥをはじめた。そうしなければならないことがわかったのだ。弱いやつらはみんな脱落していった。その連中もみんな速かった。

私は六周か七周、三位に甘んじていると、観客は私たちの追いあげを期待して、喚声をあげるようになった。私はそれをやってみるのがこわかった。速いチームはターンするときにしか追いぬけないし、しかも、それが相当のエネルギーを必要とする。いままでのところ、グロリアはうまくついてきたので、彼女にあまりこたえるようなことはしたくなかった。彼女が自分の力ですすめるかぎり、こちらも心配することはなかったのだ。

八分後、私は身体が熱くなってきた。セーターをぬいで、トレイナーに投げてやった。グロリアも同じことをした。女の子たちの大部分がいまやセーターをぬぎすて、観客は口々に叫んでいた。女たちがセーターをぬぐと、あとは小さなブラジャーしか身につけていなかったので、トラックを早足でまわるとき、乳房が上下にゆれるのだった。

「おれたちに挑戦してくるやつがいないかぎり、いまはすべてが順調に行ってるんだ」と私は自分に言い聞かせた。

そんなとき、挑戦をうけたのだ。ペドロ・オルテガとリリアン・ベーコンがとばしてきて、一線に並ぶと、ターンのところで内側にはいろうとした。そうするのが相手を追いこす、まあ、たった一つの方法なのだが、口で言うほど簡単ではなかった。直線では少なくとも二歩前に出て、ターンのところで急角度にまがらなければならない。それがペドロが心の奥底で考えていたことだった。二人はターンのところで私たちに衝突してきたが、グロリアがうまくころばないでくれたので、私は彼女をひっぱって、順位を維持した。

観衆の息を呑む音がして、誰かがよろよろしているのを知った。歩きつづけた。一瞬後、身体がフロアにぶつかる音が聞こえてきた。私はまわりに目をやらなかった。いまや、私にはおなじみになってしまったのだ。直線に出て、スピードを落とさずに見ることができるようになると、休憩所入りしたのがヴィー・ラヴェルのパートナー、メアリー・ホーリーだったのがわかった。看護婦とトレイナーが彼女について、医者が聴診器を使っていた――

「独り者に内側を行かしてやってくれ、きみたち――」とロッキーが大声で言った。

私がよけてやると、ヴィーが追い抜いていった。彼は私たちの一周に対して二周しなければならない。追いこすときに、ちらりと休憩所のほうに目を走らせたが、その顔には苦悩の表情があった。彼が苦しんでいるわけではないことがこちらにもわかった。ただ、パートナーがいつになったら復帰できるかをあれこれ考えているのだ。……彼が一人でまわる四周目で、彼女は立ちあがり、ふたたびいっしょになった。

私が看護婦に合図して、濡れたタオルを要求すると、次の一周のときに、彼女は私の首にそのタオルをあててくれた。私はタオルの端をくわえた。

「あと四分――」とロッキーが大声で言った。

これは、私たちが経験した、もっともきわどいダービーの一つだった。キッドとジャッキーはすばらしいペースを保っていた。グロリアと私が自分のペースを守っているかぎり、なんの危険もないことはわかっていたけれど、自分のパートナーがいつつぶれるかはぜったいにわからないものだ。ある時点を過ぎると、動いていることを実際に意識しないで、自動的に動きつづける。ある瞬間に最高の速度で動いても、次の瞬間にはくずれはじめる。そこが、グロリアについて私がおそれていたことである——くずれること。彼女は私のベルトをすこしずつ、引っぱりはじめていたのだ。

「休むな！」と私は心のなかでグロリアをどなりつけ、彼女の疲労をとりのぞいてやりたくて、ほんのわずか速度を落とした。ペドロとリリアンは明らかにこの機会を待っていたのだった。カーヴで一気に追いぬいて、三位を占めた。すぐうしろから、ほかのチームの足音が聞こえてきて、みんなが一団となってグロリアのすぐそばまで来ていることを知った。いまや余裕などまったくなかった。

私は腰を高くあげた。それは、ベルトをつかむ手を変えろというグロリアへの合図だった。彼女は合図にこたえて、右手に持ちかえた。

「ありがたい」と私は自分に言った。これはいい兆候だった。これなら、彼女の思考も正常なのだ。

「あと一分――」とロッキーは告げた。私は馬力をかけた。キッド・カムとジャッキーがいくらかペースを落とすと、マックとベスや、ペドロとリリアンも速度を落とした。グロリアと私はその三組とほかの連中のあいだにいた。悪い位置だった。私は、うしろから来るやつで追いこみをかけるだけの元気を持ったのが一人もいないことを祈った。ほんのわずかぶつかっても、グロリアの足が乱れて、フロアに倒れることがわかっていたからだ。そして、こんどフロアに倒れる者がいれば……。

私は前に出るために、わずか一歩先んずるために、背後からせまってくる脅威をふりきるために、力のありったけをふりしぼった。……終了を告げるピストルが鳴ったとき、私は向きをかえて、グロリアをつかまえようとした。しかし、彼女は気を失わなかった。汗を光らせながら、私の腕のなかに倒れかかり、けんめいに空気を体内に送りこもうとしていた。

「看護婦を呼ぼうか?」とロッキーがステージからどなった。

「大丈夫だ」と私は言った。「しばらく休ませてやってくれ――」

女たちの大半は更衣室にかつぎこまれたが、男たちのほうは、誰が失格したかを知ろうと、ステージのまわりに集まった。審査員がスコア・シートをロロとロッキーにわたすと、二人は次々にそれを調べた。

「みなさん――」とロッキーは一、二分して言った。「みなさんがごらんになったうちでももっとも猛烈な競りあいの、ダービーの結果が出ました。第一着――18組のキッド・カムとジャッキー・ミラー。第二着――マック・アストンとベス・カートライト。第三着――ペドロ・オルテガとリリアン・ベーコン。第四着――ロバート・サイヴァーテンとグロリア・ビーティ。以上が入賞者です――そして、さて、敗者――最下位に終わったチームですが――そのカップルは規定によって失格となり、マラソン・ダンスから脱落します。そのチームは11組の――ジア・フリントとヴェラ・ローゼンフィールドです――」

「気でも狂ったか?」とジア・フリントがホールのみんなに聞こえるほどの大声でどなった。「そいつはまちがいだ――」と言いながら、ステージのほうへやってきた。

「自分の目で確かめてみろ」ロッキーはそう言って、スコア・シートを彼にわたした。

「わたしたちだとよかったのに」とグロリアは顔をあげて言った。「わたし、レースを投げたかったわ――」

「シーッ――」と私は言った。

「このスコア・シートになんて書いてあろうと、どうでもいい。まちがっているんだからな」とジア・フリントは言って、ロッキーにスコア・シートを返した。「まちがってることはわかっているんだ。おれたちがビリでもないのに、いったいどうして失格にできるんだ?」

「きみは競争しているときに、何周したかを勘定できるのか?」とロッキーが尋ねた。ジアに恥をかかせようとしているのだ。誰もそれができるわけがないことを知っていた。

「それはできっこない」とジアは言った。「だけど、おれたちがピットにはいらなかったことは、おれも知ってるし、メアリーだって知ってる。おれたちははじめっからヴィーとメアリーを抜いていたし、レースが終わったときも二人より先だった――」

「それはどうなんですか?」とロッキーは近くに立っていた男に訊いた。「あなたが11組の審査をしたでしょう――」

「あんたはまちがってるよ」とその男はジアに言った。「わたしはあんたを慎重に調べた――」

「きみはじつに気の毒だよ」ソックス・ドナルドが審査員のグループをかきわけてやってくると、そう言った。「運が悪かった――」

「運が悪かったんじゃない。ひどい八百長《やおちょう》だ」とジアは言った。「誰がだまされるもんか。ヴィーとメアリーが落っこちたら、明日、結婚式があげられないんだぜ――」

「さあ――きみ――」とソックスは言った。「更衣室へ行ってくれ――」

「オーケイ」とジアは言った。彼は自分とヴェラの審査にあたった男のほうへ行った。

「それでソックスからいくらもらったんだ?」と尋ねた。

「なんの話かいっこうにわからないが――」

ジアは横を向くと、拳で男の口をなぐりつけ、相手をたたきのめしてしまった。ソックスがジアのところまで飛んできて、腰のポケットに手を入れたまま、ジアをにらみつけながら、身がまえた。

「その棍棒をおれにお見舞いすれば、そいつをおまえに食わしてやるからな」とジアはソックスに言った。それから、フロアを横切って更衣室のほうに行った。

観衆は立ちあがって、口々に何か言いながら、何ごとかと見まもっていた。

「服を着よう」と私はグロリアに言った。

……わが主の
年、
一九三五年
九月
一九日
に……

12

経過した時間……………879
残ったチーム……………20

一日中、グロリアはひどく陰気だった。何を考えているんだと私は百回も訊いてみた。「なんにも」というのが彼女の返事だった。《いまにして私は自分のあまりの愚かさに気がつくのだ。彼女が何を考えているかを知っているべきだった。あの最後の夜をふりかえってみると、どうして自分があれほどのばかになれたのか、私にはわからない。しかし、あのころは、いろんな点で私は無知だった……判事は姿勢をくずさずに、眼鏡ごしに私を見ながら、演説しているのだが、判事の言葉は、彼の視覚が眼鏡にあたえるのと同じ作用を私の身体に及ぼしていて、停止することなく通り抜け、次々に変わる表情、次々に出る言葉からとびだしていく。私は、判事の眼鏡のレンズが、そのレンズを通してくる表情をとらえて虜《とりこ》にしていないように、自分の耳や自分の頭脳で判事の言葉を聞いてはいない。私の耳や頭脳以外のすべてで、自分の足で、自分の足や上体、腕で判事の言葉を聞く。自分の耳と頭脳では、アレキサンダー国王のことで何やら叫んでいる街の新聞売子の声を聞き、市街電車の走る音を聞き、自動車の音を聞き、交通信号のベルの音を聞く。法廷のなかでは、聞こえてくるのは人びとの息づかいや足を動かす音、ベンチの木がきしむ音、それから、誰かが痰壺に唾を吐くときの、軽くはねる音だ。こうした音のすべてを私は自分の耳と自分の頭脳で聞くのだが、判事の言葉は私の身体で聞くだけである。この判事が私にむかって言っていることを聞けば、私の言う意味がわかるだろう》

その日は、グロリアがふさぎこむ理由のない一日だった。観衆が一日中出たりはいったりしていて、昼以後はホールは満員になり、結婚式がはじまる前になると、空席はかぞえるほどしかなかったし、その空席の大部分は予約席だった。ホールぜんたいがあまりにたくさんの旗と、赤や白や青の幔幕《まんまく》でかざられていたので、花火の音や、バンドの国歌演奏がいまにも聞こえてくるのではないかと思われるほどだった。一日中わきたっていた。内部の飾りつけをする職人、大群衆、結婚式のリハーサル、良風連盟の女たちがホールに火をつけようと押しかけてくるといった噂、ジョナサン・ビールの人たちがグロリアと私に送ってよこした二組の真新しい衣類一式。

グロリアがふさぎこむ理由などまったくない日だったのに、彼女は前にもまして陰気だった。

している。

「きみ――」と特別席の男が声をかけてきた。会ったこともない男だった。来るように手招き
「きみはいつまでもその席にいられないんだよ」と私は心のなかで相手に言ってやった。「そこはレイデン夫人の指定席なんだ。彼女が来れば、きみは出なければいけない」

「きみは22組の人じゃない？」と尋ねてきた。

「そうですが」

「きみのパートナーはどこかね？」

「あそこですよ――」と答えて、グロリアがほかの女の子たちと立っているステージのほうを指さした。

「連れてきてくれ。彼女に会いたい」

「そうですか」私はグロリアを呼びに行った。「いったい何者だろう？」と私は自分自身に訊いてみた。

「きみに会いたいという人がここに来ている」とグロリアに言った。

「誰にも会いたくないわ」

「変な男じゃないよ。身なりもりっぱなものだ。お偉がたのようだ」

「どんな人だろうと、どうでもいいことよ」

「プロデューサーかもしれないぜ。ひょっとしたら、彼に気に入られたのかもしれない。きみのチャンスかもしれないんだよ」

「わたしのチャンスなんて、もうどうでもいいの」

「さあ。その人が待っているんだ」

ようやくのことで彼女はいっしょに来た。

「映画の仕事なんていやな商売よ」と彼女は言った。「会いたくもない人に会わなきゃならないし、嫌いでしょうがない性質の人にもやさしくしてあげなければならないのよ。そういうことと手が切れて、わたし、うれしいわ」

「きみはそういうことからはじめるんだ」彼女を元気づけようとして、そう言った。《私はそのとき彼女の言葉にぜんぜん注意をはらわなかったのだが、いまにしてわかるのは、彼女の言葉のなかでもそれがいちばん意味深い台詞《せりふ》だったということだ》

「彼女です――」と私は男に言った。

「わたしが何者だか、きみは知らないのじゃないかね?」と男は訊いた。

「存じません――」

「マックスウェルという者だ。ジョナサン・ビールの広告部長だ」

「はじめまして、ミスター・マックスウェル」私はそう言い、手をのばして、彼と握手した。

「こちらぼくのパートナー、グロリア・ビーティです。ぼくたちのスポンサーになってくださったことにお礼を申しあげたい」

「礼にはおよばないよ。お礼を言うのなら、ミセス・レイデンに言ってくれ。きみたちのことを教えてくれたのは夫人なのだからね。今日、荷物をもらったかね？」

「ええ。ちょうどいいときにとどきました。ぼくたちはどうしても着るものがいるんです。このマラソン・ダンスは、着ているものがひどくいたむ――前にここへいらしたことがありますか？」

「いや。それに、ミセス・レイデンがしつこくすすめなかったら、わたしも来ないところだった。ダービーのことを話してくれたんでね。今夜もあるのか？」

「結婚式みたいなちょっとしたことでは、ダービーをやめるはずがありませんよ。式のすぐあとではじまります――」

「さよなら」グロリアはそう言って、去っていった。

「何かまずいことを言ったかな？」

「そんなことはありません――むこうへ行って、最終の指示を受けなきゃならないんです。結婚式がまもなくはじまりますんでね」

相手が顔をしかめたことから、私は、グロリアの無作法を言いつくろっているにすぎないことを彼も知っているのがわかった。グロリアがフロアを歩いていくのをしばらく見てから、私に視線をもどした。「今夜のダービーに勝てる見込みはあるのかね？」と訊いてきた。

「見込みは充分にありますね。もちろん、大事なのは、勝つことよりも失格にならないようにするということなんです。ビリになれば、失格しますからね」

「かりにジョナサン・ビールが勝者に二十五ドル進呈すれば」と相手は言った。「きみは、それを手に入れる見込みがあると思うかね？」

「ぼくたちは必死にがんばりますよ」

「それなら――けっこうだ」と言って、私を頭のてっぺんから足の先までじろじろ見た。「ミセス・レイデンに聞いたんだが、きみは映画界にはいる希望を持っているそうだね？」

「ええ。でも、役者としてじゃありません。ぼくは監督になりたいんです」

「ビール工場の仕事は欲しくないかね？」

「欲しいとは思いませんね――」

「映画の監督をしたことはあるの？」

「いいえ。でも、それをやるのがこわいとは思いませんね。成功できることがわかっているんです。いや、ボレスラウスキーとかマムーリアンとかキング・ヴィダーがつくるような大作じゃありませんよ――ぼくが言うのは、はじめはべつのものなんです――」

「たとえば――」

「そうですね、二巻か三巻ものの短編のようなやつです。屑屋が一日何をするかといったものや、平凡な人間の生活ですね――ほら、週三十ドルの給料で、子供を育て、家や車やラジオを買わなければならない人たちですよ――集金人にいつも追いかけまわされているような男です。お話の展開を面白くするために、カメラの角度をいろいろと変えてみて、ちがったものにするわけですね――」

「なるほど――」

「退屈な話をするつもりはなかったんです。でも、ぼくの話など聞いてくれる人がなかなか見つからないんで、そういう人が見つかると、話がとまらなくなってしまうんです」

「退屈なんかしてないよ。じつを言うと、非常に興味を持っている。しかし、わたしのほうもしゃべりすぎたかもしれない――」

「今晩は――」レイデン夫人がそう言って、ボックス席にはいってきた。マックスウェル氏が立ちあがった。「そこはわたしの席ですのよ、ジョン」とレイデン夫人が言った。「こちらの席におすわりなさい」マックスウェル氏は笑いながら、もう一つの席に移った。「まあ、ハンサムじゃないの」とレイデン夫人が私に言った。

「タキシードを着るのは今日が生まれてはじめてなんです」私は顔を赤くして、そう言った。

「ミスター・ドナルドが男の子には全員にタキシードを、女の子にはドレスを貸してくれましてね。みんなウェディング・マーチに出るんです」

「彼をどう思います、ジョン？」レイデン夫人がマックスウェル氏に尋ねた。

「彼なら大丈夫ですよ」とマックスウェル氏が言った。

「わたしはジョンの判断をぜったいに信用しますの」とレイデン夫人が私に言った。マックスウェル氏がなぜあんな質問をしたのか、そのわけがいまわかりかけてきた。

「――こっちへ来てくれ、きみたち――」とロッキーがマイクロフォンに言った。「こちらだ――みなさん。まもなく、71組のヴィー・ラヴェルとメアリー・ホーリーの公開結婚式がはじまります――それから、お忘れなきようおねがいしたいのですが、結婚式がすんでも、今夜のお愉しみは終わっていないのです。結婚式はそのはじまりにすぎません――」と言った。「――はじまったばかりなんです。結婚式のあとには、ダービーがあります――」

ソックス・ドナルトが何ごとかささやくと、ロッキーは身をのりだして、それを聞いた。

「みなさん」とロッキーは言った。「式をとりおこなう牧師をご紹介するのは、わたくしの大きな喜びです――みなさまどなたもご存じのオスカー・ギルダー師です。こちらへいらっしゃいませんか、ミスター・ギルダー？」

牧師はフロアに出ると、ステージのほうへやってきた。その間、観衆は拍手を送った。

「位置についてください」とソックスが私たちに言った。私たちは指定の場所に行った。女たちはステージの一方に、男たちはその反対側に。

「晴れの式がはじまる前に」とロッキーが言った。「この行事の実現にご協力くださったかたがたに、わたくしからお礼を申しあげたいと思います」彼は一枚の紙に目をやった。「花嫁の結婚衣裳は」と言った。「ボン＝トン・ショップのミスター・サミュエルズの提供によります。お立ちになっていただけますか、ミスター・サミュエルズ?」

サミュエルズ氏は立ちあがり、拍手にこたえて一礼した。

「花嫁の靴はメイン・ストリート・スリッパー・ショップの提供です——ミスター・デーヴィスはおいでですか? お立ちになってください。ミスター・デーヴィス」

デーヴィス氏が立ちあがった。

「——花嫁のストッキングと、絹の——その——例のなにはポリー＝ダーリング・ガールズ・バザーの提供でした。ミスター・ライトフート、どこにいらっしゃいますか?——」

ライトフート氏が立つと、観衆は野次をとばした。

「——そして、花嫁のヘア・スタイルはポンパドゥア美容院のお世話になりました。ミス・スミスはいらっしゃいますか?」

ミス・スミスが立ちあがった。

「そして、花婿の晴れ姿は頭のてっぺんから足の先まで、タワー・アウトフィッティング店の提供でした。ミスター・タワー――」

タワー氏が立った。

「ホールの花や、女性が身につけている花はことごとくシカモア・リッジ託児所からの贈り物です。ミスター・デュプレ――」

デュプレ氏が立ちあがった。

「――さて、みなさん、わたしはこのマイクロフォンをオスカー・ギルダー氏におわたしします。師がこのすばらしい子供たちのために式をとりおこないます――」

ロッキーは、ステージの前のフロアに立っているロロにマイクロフォンのスタンドをわたした。ギルダー師はマイクロフォン・スタンドのうしろに来て、オーケストラにうなずいてみせると、ウェディング・マーチがはじまった。

行進がはじまり、ステージをはさんだ男女の列がホールの端まで行き、それから牧師のところへもどってきた。スラックスやトラック・スーツを着ていない女を何人か見るのは、はじめてのことだった。

私たちはその日の午後に行進の稽古を二度やって、一歩踏みだす前にかならず止まることをおそわった。花嫁と花婿がステージのうしろから姿を現わすと、観衆は歓声をあげ、拍手をおくってきた。

レイデン夫人は、私がその前を通りかかったときに、うなずいてみせた。

私たちがステージのそばの所定の位置を占めるあいだ、ヴィーとメアリー、そして花婿の付き添い人と花嫁の付添いをつとめるキッド・カムとジャッキー・ミラーとが、牧師の立っているところまですすんでいった。牧師はオーケストラに演奏中止を合図して、式をはじめた。式のあいだ、私はグロリアから目をはなさなかった。マックスウェル氏に対してどんなに失礼であったかを彼女に言ってやる機会がなかったので、私たちがいっしょになったら、話したいことが山ほどあることを知らせてやりたくて、彼女の目をとらえようとした。

「――そしていま、わたしは夫と妻に申しあげる――」とギルダー師は言った。彼は頭をさげて、祈りの言葉を言った。

《エホバはわが牧者《ぼくしゃ》なり、われ乏《とも》しきことあらじ。エホバは我《われ》をみどりの野にふさせ、いこひの水浜《みぎは》にともなひたまふ。エホバはわが霊魂《たましひ》をいかし名《みな》のゆゑをもて我《われ》をただしき路《みち》にみちびき給《たま》ふ。たとひわれ死のかげの谷をあゆむとも禍害《わざはひ》をおそれじ、なんぢ我《われ》とともに在《いま》せばなり、なんぢの笞《しもと》なんぢの杖《つゑ》われを慰《なぐさ》む。なんぢわが仇《あた》のまへに我《わ》がために筵《えん》をまうけ、わが首《かうべ》にあぶらをそそぎたまふ、わが酒杯《さかづき》はあふるるなり。わが世にあらん限りはかならず恩恵《めぐみ》と憐憫《あはれみ》とわれにそひきたらん、我はとこしへにエホバの宮《みや》にすまん》

牧師が祈禱を終えると、ヴィーがおずおずとメアリーの頰にキスし、私たちがそのまわりに集まった。ホールは拍手と歓声で割れかえらんばかりだった。

「ちょっと待ってください——ちょっと待ってください——」ロッキーがマイクロフォンにむかってさけんだ。「待ってください、みなさん——」

混乱がおさまると、そのとき、ホールの反対側のパーム・ガーデンのほうから、ガラスの割れる音がまごうかたなく、はっきりと聞こえてきた。

「よせ——」と男が悲鳴をあげた。つづいて、五発の銃声が聞こえ、その間隔があまりに近かったので、一つづきの物音に聞こえたほどである。

そのとたん、観客がいっせいにさわぎだした。

「お席をはなれないで——席から動かないで——」ロッキーがさけんだ。……

ほかの男や女が何ごとかとパーム・ガーデンのほうへかけだしていたので、私もそれに加わった。腰のポケットに手を入れたソックス・ドナルドが私を追いこしていった。

私は手すりをとびこえて、誰もいない特別席にはいると、ソックスのあとにつづいて、パーム・ガーデンに行った。おびただしい数の人間が輪になって、下を見ながら、おたがいにしゃべっている。ソックスがその人だかりを押しわけてすすんでいくので、私もその後につづいた。

男がフロアに倒れて死んでいた。

「誰がやったんだ?」とソックスが訊いた。

「あの男だ――」と誰かが言った。

ソックスの後から私もついていった。グロリアがすぐうしろにいたのを知って、私はいささか驚いた。

撃った男は肘をついて、カウンターによりかかっていた。血が顔から流れ落ちている。ソックスはその男のところまで行った。

「やつがおっぱじめたんだ、ソックス」と男は言った。「――やつはビール瓶でおれを殺そうとしてたんだ――」

「マンク、この馬鹿野郎が――」とソックスは言い、棍棒で男の顔をなぐった。マンクはカウンターにもたれかかったが、倒れなかった。ソックスはなんどもなんども棍棒で顔をなぐりつけ、近くのものやそばにいた人間に血が飛び散った。ソックスは男をフロアになぐりたおしてしまった。

「おい、ソックス――」と誰かが呼んだ。三十フィートはなれたところに輪になった人だかりがもう一つできて、下を見ながら、たがいに話をしているのだった。私たちは人ごみを押しわけていった――すると、そこに彼女が倒れていたのだ。

「ちくしょう――」とソックス・ドナルドは言った。

レイデン夫人。その額のまんなかに孔《あな》が一つあいていた。ジョン・マックスウェルがそばに膝をついて、彼女の頭をかかえていた……やがて、顔をそっとフロアにおいてやってから、立ちあがった。レイデン夫人の頭がゆっくり横を向くと、眼窩《がんか》に集まった小さな血だまりがフロアにこぼれおちた。

ジョン・マックスウェルがグロリアと私を見た。

「ダービーの審査員で出ていくところだった」と彼は言った。「流れ弾にあたったんだ——」

「わたしだとよかったのに」とグロリアが声をひそめて言った。

「ちくしょう——」とソックス・ドナルドが言った。


私たちは全員、女子更衣室に集まっていた。ホールには、警察と数人の記者をのぞいて、外部の人間はほとんどいなかった。

「なぜここへ来てもらったかはわかっているんじゃないかと思う」ソックスはおもむろにそう言った。「それから、わたしがこれから申しあげることもおわかりのはずだ。いまさら、起こったことを悔やんでみたってはじまらない——ままあることだ。きみたちにとっても辛いことだし、わたしにとっても辛いことだ。マラソン・ダンスは順調に行っていた——

「ロッキーとわたしはとくと相談した結果、一千ドルの賞金をきみたちみんなに分配することに決めた——そして、わたしからももう一千ドル出す。そうすると、一人あたり五十ドルもらえる。それでいいかね？」

「ええ――」と私たちは言った。

「つづけられる見込みはぜんぜんないんでしょうか？」とキッド・カムが訊いた。

「見込みはない」ソックスは首をふりながら、そう言った。「あの良風連盟とやらがわれわれを追いつめているからというわけじゃないがね――」

「みんな」とロッキーは言った。「われわれはたっぷり楽しんだし、わたしもきみたちといっしょに仕事ができてうれしかった。いつかまたマラソン・ダンスができる日がくるかもしれない――」

「そのお金はいつもらえるんですか？」とヴィー・ラヴェルが訊いた。

「明日の朝だ」とソックスは言った。「今夜、ここに泊りたいという人がこのなかにいれば、いままで通り、そうしてもよろしい。しかし、帰りたいのなら、べつにひきとめない。午前十時以後ならいつでもお金をわたす。じゃあ、わたしからさよならを言うよ――警察本部へ行かなきゃならんのでね」

……カリフォルニア州の法律によって認められた方法で……

13

グロリアと私がダンス・フロアを歩いていくとき、私の靴のかかとがあまりにも大きな音をたてるので、自分の音なのかどうかわからないほどだった。ロッキーが正面入口のところで警官といっしょに立っていた。

「きみたちはどこへ行くんだ？」とロッキーが訊いた。

「空気を吸いたいの」とグロリアが言った。

「もどってくるのか？」

「もどってきますよ」と私は彼に言った。「ちょっと空気を吸ってくるだけでね。久しぶりに外に出るんだ――」

「いつまでもいるな」とロッキーは言い、グロリアを見て、意味ありげに唇をしめした。

「あんたって――」グロリアは外へ出るときに、そう言った。

午前二時を過ぎていた。空気はしめっていて、濃密で、清潔だった。あまりにも濃く、あまりにもきれいだったので、私は自分の肺がその大量の空気をかじっているような気がした。

「きっと、おまえはこんな空気が吸えてうれしいだろう」と私の肺に言った。

ふりかえって、建物を見た。

「あそこにぼくたちはいままでいたんだね」と私は言った。「いま、ぼくは、ヨナが鯨を見たときに、どんな気がしたかがわかるよ」

「行きましょう」とグロリアは言った。

私たちは建物の横をまわって、桟橋に出た。桟橋は目のとどくかぎりはるか海のかなたまでのびていて、水の運動に浮き沈みしながらうめいたりきしんだりしているのだった。

「波がこの桟橋をさらっていかないのは不思議だね」と私は言った。

「波のこととなると夢中になるのね」とグロリアが言った。

「いや、そうじゃない」

「一月間そのことばかり口にしていたのよ——」

「いいさ、しばらくじっと立っててごらん。ぼくの言うことがわかる。もりあがって消えていくのが感じられるはずだ——」

「じっと立ってなくても感じられるわ。でも、だからといって、いらいらすることないのよ。もう百万年もつづいてきてるんだから」

「ぼくがこの大洋にのぼせあがってるなどと思わないでくれ。これから二度と見なくても、ぼくは平気なんだ。一生忘れないほどたっぷり海を見たからね」

私たちは、波しぶきで濡れたベンチに腰をおろした。桟橋のはずれのほうで、数人の男が手すりごしに釣りをしていた。夜は暗かった。日もなく、星もなかった。白い泡のふぞろいな線が海岸にできていた。

「この空気はおいしい」と私は言った。

グロリアは何も言わずに、じっと遠くを見ていた。海岸をくだったところに、無数の灯が輝いている。

「あれがマリブーだ」と私は言った。「映画スターがみんな住んでいるところだ」

「これからあなたはどうするの？」ようやく彼女が言った。

「はっきりわからないな。明日、ミスター・マックスウェルに会おうと思っていた。ひょっとしたら、何か頼めるかもしれない。たしかに興味を持ったようなんでね」

「いつも明日ね。大きなチャンスがいつも明日やってくる」

二人の男が沖釣りの竿を持って通りかかった。一人は四フィートのシュモクザメをひきずっていた。

「こいつはもう危険じゃないよ」ともう一人の男に言った。……

「きみはどうするんだ？」とグロリアに訊いた。

「わたしはこの回転木馬からおりるわ。こんな鼻もちならないことと縁を切るの」

「どういうことだ？」

「人生よ」

「なぜきみは自分で助かろうと努力しないんだ？　きみはどんなことにもまちがった態度をとってきた」

「わたしにお説教はよして」

「説教してるんじゃない。しかし、きみは自分の態度をあらためるべきだな。そうなんだ。その態度が、きみの接触するみんなに影響する。たとえば、ぼくだ。きみに会う前のぼくは、自分は成功できないわけがないと思ってた。失敗することなんか考えもしなかった。ところが、いまは――」

「誰からそんな演説をおそわったの？　あなたが一人で思いつくはずがないわ」

「いや、ぼくが考えたことさ」

グロリアはマリブーのほうの海に目をやった。「自分で自分をばかにしてみたって、どうにもならないわね」しばらくしてそう言った。「わたし、自分がどこに立っているかを知ってるの……」

私は何も言わずに、海を見て、ハリウッドのことを考え、自分はそこにいたのだろうか、それとも目がさめたら、アーカンソーに帰っていて、明るくならないうちに急いで新聞をとりにいかなければならないのではないかなどと思ったりした。

「——ばかな人」とグロリアは自分に言っていた。「そんなふうにわたしを見なくていいのよ。わたしは、自分がだめな女だってことを知ってるの——」

「彼女の言うとおりだ」と私は思った。「まったくそのとおりだ。彼女はだめだ——」

「あのときダラスで死んでいるとよかったんだわ」と彼女は言った。「あの医者がたった一つの理由でわたしの生命を救ってくれたことをいつまでも忘れないわ——」

私はそれに対して何も答えないで、やはり大洋を見ながら、だめな女だという点ではまったく彼女の言うとおりだし、あのときダラスで死ななかったことはじつに残念だと思っていた。たしかに、いっそ死んでしまったほうがいいのだ。

「わたしは場ちがいなのよ。他人にあげるものを何一つ持っていなかったんだわ」と言っていた。「そんな目でわたしを見るのはよして」

「ぼくはきみを見てやしないよ。きみからはぼくの顔が見えないはずだぜ——」

「いいえ、見えるわ」

嘘をついているのだ。私の顔は見えないはずだった。あまりにも暗かった。

「なかにはいったほうがいいんじゃないか?」と私は言った。「ロッキーがきみに会いたがってた——」

「あの——」と彼女は言った。「彼が何を欲しがっているか、わかってるけれど、二度と手にはいらないわ。ほかの誰もそうなのよ」

「なんだって?」

「わからないの?」

「何をわからないんだ?」

「ロッキーが欲しがっているものよ」

「なんだ——。わかる。わかってきたよ」

「男がみんな欲しがるものだわ。でも、それはそれでいいの。それをロッキーにあげたってかまいやしないわ。彼だって、わたしがやってあげたように、わたしによくしてくれたんだから——でも、かりにわたしがつかまったら?」

「そんなこと、きみは考えてもいないんじゃないのか?」

「いいえ、考えてるわ。いつもその前に、わたしは自分の始末をつけることができるわ。もし子供ができたら? それがどんなおとなになるか、あなたにはわかるわね。わたしたちと同じよ」

「彼女の言うとおりだ」と私は自分に言った。「まったくそのとおりだ。大きくなると、おれたちと同じおとなになるんだ——」

「それがいやなの」とグロリアは言った。「とにかく、わたしは終わったのよ。いやらしい世の中だと思うし、それにわたしは終わったのよ。いっそ死んだほうがましだし、ほかのみんなもそうだわ。わたしは自分のまわりの何もかもだめにしてしまうのよ。あなたもそう言ったわ」

「いつぼくがそんなことを言った？」

「ついさっきよ。わたしに会う前は失敗することなんか考えもしなかったって言ったでしょう。……でも、それはわたしの罪じゃない。しかたがないことなのよ。一度自殺しようとしたけれど、それができなかったし、二度とやる度胸がなくなってしまったわ。……あなたは世間のためになることをしたいの？……」

私は何も言わずに、海水が杭にあたる音に耳をかたむけ、桟橋がうかんだり沈んだりするのを肌で感じ、彼女の言ったことは何もかもあたっていると思った。

グロリアはハンドバッグのなかをさぐっていた。手がハンドバッグから出たとき、小さなピストルをにぎっていた。そのピストルを前に見たことはなかったけれど、私は驚かなかった。すこしも驚かなかった。

「これ——」そう言って、私にわたしした。

「いらないよ。しまってくれ」と私は言った。「さあ、なかにもどろう。寒いよ——」

「これでもって、神さまのかわりにピンチヒッターに立ってちょうだい」彼女はそう言って、私の手に押しつけた。「わたしを撃って。それしかないのよ、わたしを不幸から連れだしてくれる道は」

「彼女の言うとおりだ」と私は自分にむかって言った。「彼女を彼女の不幸から連れだす、それがたった一つの道なんだ」《私は小さな子供だったころアーカンソーの祖父の農園で夏をすごしたものだった。ある日のこと、薫製場のところに立って祖母が大きな鉄製の釜で洗濯用のアクをつくっているのを見ていると、祖父がひどく興奮して庭をこえてきた。「ネリーが足を折った」と祖父が言った。祖母と私が木戸を抜けて、祖父が耕作していた庭に行った。年とったネリーはまだ鋤《すき》につながれたまま、かなしそうにいないていた。私たちはその場に立って、ネリーを見ていた。ただ見ているだけだった。祖父はチカモーガーリッジで使っていた銃を持って引きかえしてきた。「穴に落ちこんだんだ」と祖父は言って、ネリーの頭をかるくたたいた。祖母は私をまわれ右させて、べつのほうを見るようにしてくれた。私は泣きだした。銃声が聞こえた。まだその銃声を私はおぼえている。私は走っていくと、地面に倒れて、ネリーの首を抱いた。私はこの馬が大好きだったのだ。私は祖父が憎かった。立ちあがると、祖父のところへ行って、拳で祖父の足をなぐった。……その日もおそくなって、祖父は、自分もネリーが大好きだったけれど、撃たなければならなかったのだと説明してくれた。「そうしてやるのがいちばん親切なことなの

だよ」と祖父は言った。「ネリーはもうだめだったのだ。ネリーを不幸から救ってやるたった一つの道だった。……」》

私はピストルを持った。

「いいよ」と私はグロリアに言った。「いつにする？」

「いつでも」

「どこで？——」

「ここよ。こめかみね」

大きな波がくだけると、桟橋がとびあがった。

「いまか？——」

「いまよ」

私は彼女を撃った。

桟橋がふたたび動き、波が大洋にまたそっと帰っていくとき、ものを吸いこむような音をたてた。

ピストルは手すりから投げすてた。

警官が一人、私といっしょに後部座席にすわり、もう一人が車を運転した。すごい速さで車を飛ばしていて、サイレンが鳴っていた。マラソン・ダンスで、私たちの目をさまさせるときに用いたのと同じようなサイレンだった。

「なぜ殺したんだ?」と後部座席の警官が質問した。

「たのまれたからですよ」と私は言った。

「聞いたか、ベン?」

「親切な野郎じゃないか?」とベンは肩ごしに言った。

「それだけの理由か?」と後部座席の警官が訊いた。

「廃馬は撃つもんじゃないんですか?」と私は言った。

……汝の
魂に
神の
憐憫が
あらん
ことを……

作者と作品について（角川文庫版あとがき）

ホレス・マッコイの小説が紹介されるのは、この『彼らは廃馬を撃つ』がはじめてであるけれども、彼の原作の映画化はわが国でも一九五四年に公開されている。ジェイムズ・キャグニー主演の『明日に別れの接吻を』は、不況の一九三〇年代でも銀行強盗のジョン・ディリンジャーやベビー・フェイス・ネルスンによって代表される時代を描いたものである。いわゆるディリンジャー時代である。

『彼らは廃馬を撃つ』は『明日に別れの接吻を』の時代と同じ一九三五年の、不況のさなかで〈アメリカの夢〉をはぐくむハリウッドの物語である。エキストラの仕事からもあぶれた、若い男女が、千ドルの賞金とプロデューサーや監督の目にとまるというかすかな希望に賭けて、マラソン・ダンスに参加する。『彼らは廃馬を撃つ』はそれだけの話だが、しかし、おそらく作者の意図に反して、ハリウッドを描いた小説の傑作ではなかろうかという気がする。

ここで、マラソン・ダンス――あるいは、ダンス・マラソン、ダンシング・マラソン――について説明しておくならば、これは、ジャズ・エイジと呼ばれ、狂爛の二〇年代と呼ばれる一九二〇年代のアメリカの産物だった。麻雀とクロスワード・パズルとマラソン・ダンス、この三つは一九二〇年代のアメリカを特徴づける娯楽である。麻雀はすたれてしまったが、クロスワード・パズルはサイモン&シュスターという大出版社の基礎を築き（リチャード・L・サイモンとM・リンカーン・シュスターなる二人の若者がクロスワード・パズル集を出版して、大成功したのである）、マラソン・ダンスは一九三〇年代にはいって、不況とからみあいながら、『彼らは廃馬を撃つ』の世界のようにグロテスクな様相を呈するにいたった。

一九二三年にニューヨークのある新聞は、「これまでに生まれた、気ちがいじみた競争のなかでも、ダンシング・マラソンはその狂気の沙汰という点でほかの競技をしのいでいる」と伝えている。この競技の勝者は、最後まで踊っている、つまり生き残った一組の男女である。二〇年代においては、マラソン・ダンスに参加した男女は、蓄音機《ヴィクトローラ》やへたくそなバンドの伴奏によるフォックス・トロットのリズムにのって、ときには数千ドルの賞金をめあてに、それこそくたくたになるまで踊った。

そして、観客は、マラソン・ダンスの参加者の、極度の疲労による奇怪な行動を見るために、会場に集まってきたのである。『彼らは廃馬を撃つ』のコンテストは、一時間五十分踊って、わずか十分間の休憩という過酷な規則である。参加者たちはパートナーを眠らせないために、蹴るなぐるの乱暴を働くかと思えば、気つけ薬や氷嚢を利用した。なかにはライバルのカップルに睡眠剤や下剤を飲ませる不心得者もいたという。

当然のことだが、七日か八日もコンテストがつづくと、出場者の行動がおかしくなりだす。(もっとも、一九三〇年にシカゴでひらかれたマラソン・ダンスは百十九日もつづいた。)女はパートナーを憎むようになり、パートナーに顔を会わせると、悲鳴をあげたものである。ニューヨークで行なわれたマラソン・ダンスでは、ある男が幻覚のために失踪してしまった。その男は、自分がスリに狙われているという幻覚に悩み、幻のスリを追って、会場のダンス・フロアから街路へとびだしていったのだ。

『彼らは廃馬を撃つ』は一九三五年、あのクロスワード・パズルであてたサイモン・アンド・シュスター社から出版された。が、もちろんベストセラーにはならなかったし、さしたる評判にもならなかったようだ。いや、ほとんど黙殺されたといったほうがいいかもしれない。

作者のマッコイは、「ブラック・マスク」のようなパルプ・マガジンでさんざ探偵小説や冒険小説を書きまくってきた、いわば毛並の悪い新人である。したがって、批評家から注目されることもなかったらしい。

ホレス・マッコイは一八九七年、テネシー州のナッシュヴィルの近くで生まれた。十二歳のとき、新聞売り子になり、以後さまざまの職業を転々としている。セールスマンとして、ルイジアナ、ミシシッピ、ジョージア、アーカンソー、テネシー、テキサスの各州をまわりニューオーリンズとダラスでは、タクシーの運転手にもなった。第一次世界大戦ではアメリカ空軍の一員としてフランスに十八か月滞在し、負傷している。一九二二年から三〇年まで「ダラス・ジャーナル」紙の記者とスポーツ・ライターを兼務し、そのかたわら、探偵小説を書きはじめた。なお、このころ、マッコイは演劇にも興味を示し、有名なダラス小劇場の草分けの一人になった。

マッコイもまた一九三〇年代の不況の犠牲者といってもよかろう。カリフォルニア海岸をなんどか往復して、インペリアル・ヴァレイやサン・ウォーキン・ヴァレイで野菜や果物の採取にあたったり、ストライキの監視員をつとめたり、ソーダ・ファウンテンの店員になったり、不況のあおりをくって、とにかくどん底の生活を味わっている。

しかも、マッコイの職歴はそれだけにとどまらない。ある大物政治家のボディガード、病気のレスラーの代役、マラソン・ダンス・コンテストの用心棒。おそらく、マッコイは大柄な、腕っぷしの強い男だったのだろう。

こうした生活を経て、マッコイはハリウッド入りして、シナリオを書くようになり、雑誌に短篇を発表するようになった。雑誌といっても、彼の作品は主として、パルプ雑誌に載ったので、創刊まもなかった「エスクァイア」のような、上質紙を使った、いわゆるスリック・マガジンには、せいぜい二、三篇載ったにすぎない。

一九三五年に出た『彼らは廃馬を撃つ』の二年後に、マッコイは第二作を発表した。が、イギリスのアーサー・バーカー社が、その第二作、『屍衣にポケットはない』*"No Pockets in a Shroud"*の出版社だった。はっきりしたことはわからないが、アメリカ版はその後で出たらしい。さらに、その翌年、『俺は家にいるべきだった』*"I Should Have Stayed Home"*が出版されたけれども、これまたぱっとしなかったらしい。

しかし、一九四六年の冬、「ニューヨーク・タイムズ」書評誌はパリからの奇妙な事実を伝えたのである。フランスでは、母国で無名に近いアメリカ作家がスタインベックやヘミングウェイと同じように高く評価されているというニュースだった。

何もこれは、マッコイのばあいにかぎらない。アースキン・コールドウェルにしても、ウィリアム・フォークナーにしても、あるいはまたトーマス・ウルフにしても、はじめはアメリカよりも外国で評価された。ホレス・マッコイもその一人なのだろうか？　彼の小説の何がそれほど高く評価されたのか？

「彼ら（フランス人）は私を実存主義の元祖と見ている」とマッコイはあるインタビューで一九四八年に語っている。「そして、私はそのことを証明する手紙をサルトルやほかの人たちからもらっている」

その年、彼はランダム・ハウス社から『明日に別れの接吻を』を出版した。そして、一九五五年に五十七歳で世を去った。

ホレス・マッコイの生涯は、多くの二流、三流の作家がそうであるように、不明の部分が多い。作品によって、彼を知るしかないのだが、マッコイの長篇六作のうちでも、やはり、『廃馬』がいちばんすぐれているように思う。ただ、訳者の感想をいうならば、『廃馬』とほかの長篇を比較するとき、マッコイは処女作でたまたま傑作を書いたという気がするのである。

『廃馬』は昨年（一九六九年）映画化され、アカデミー賞にノミネートされ、ギグ・ヤングがアカデミー助演男優賞を得た。『廃馬』の映画評をタイム、ニューズウィークの両誌で読んだとき、私はうれしかった。三十年以上も前の、忘れられた小説を映画化する、「酔狂」といおうか、「狂気の沙汰」といおうか、とにかく映画のスタッフの勇気に感心したのである。というのも、私にとっては、忘れがたい小説であったからにほかならない。

映画化されたということで、角川春樹氏の好意により、私は翻訳する機会を得たのだが、この『彼らは廃馬を撃つ』を私に教えてくれたのは、中田耕治氏である。もう十五年も昔のことだ。

翻訳にはそのとき手に入れたシグネット・ブックス版のテキストを使用した。一九三五年に出たサイモン・アンド・シュスターの初版を使いたかったのだが、入手はとても不可能である。シグネット版には二、三の誤植があった。一行脱落している部分も二か所ほどあった。現在、『廃馬』の映画化によって、マッコイの小説がペイパーバックで出ているようである。ハリウッドでシナリオを書いていたから、マッコイは経済的には恵まれていたかもしれないが、作家としては不遇だった。そうした作家の小説のなかでも、訳者の好きな作品を翻訳できるのは、幸福なことだと思う。角川春樹氏と編集を担当した鈴木序夫氏に感謝する。

訳者

訳者あとがき（王国社版）

この拙訳は久しく品切れの文庫が単行本で復活したという、じつに珍らしいケースである。そして、これが映画化（「ひとりぼっちの青春」）されなかったら、私が翻訳することもなかっただろう。以前から翻訳してみたいと思っていた小説を翻訳できたのだから、映画化は私にとって幸運なことだった。

翻訳のテキストに使用した、ぼろぼろのシグネット・ブックの裏表紙には、ホレス・マッコイの略歴が紹介してある。一八九七年、テネシー州ナッシュヴィルの生まれ。十二歳のとき、新聞少年になっている。ルイジアナ、ミシシッピ、ジョージア、アーカンソー、テネシー、テキサスの各州で戸別訪問のセールスマンもした。

ニューオーリンズとダラスでタクシーの運転手をしている。一年半ばかりアメリカ空軍の一員としてフランスに駐在し、負傷。一九二二年から三〇年までダラス・ジャーナル紙の記者とスポーツライターをつとめた。有名なダラス小劇場の創立者のひとりであるという。
マッコイはじつにさまざまな職業を転々としている。一九三〇年以後はカリフォルニアで、野菜や果物の農園で働いているし、ソーダ・ファウンテンにも勤めているし、警察幹部のボディガードや病気のレスラーの代役やマラソン・ダンス・コンテストの警備員などもした。そして、最後はシナリオライター、雑誌のライターだった。

エドマンド・ウィルスンはホレス・マッコイをジェイムズ・M・ケインやジョン・オハラ、ウィリアム・サローヤン、ジョン・スタインベックなどといっしょに「裏部屋の作家たち《ボーイズ・イン・ザ・バック・ルーム》」として論じている（『リテラリー・クロニクル１９２０—１９５０』）。ウィルスンがこれらの作家を同じところで批評しているのは、彼らがいずれもヘミングウェイの影響を受けていたからだ。また、ほぼ同じ時期にデビューし、いずれもカリフォルニアに住むか住んでいたかして、この州について書いていたということもある。

大ざっぱな感じがしないでもないが、しかし、ケインに代表される作家たちはピカレスク小説に転じたヘミングウェイだと指摘し、ダシール・ハメット型のミステリー・ライターに似ているという。ただし、ウィルスンがホレス・マッコイに触れているのはわずか十行たらずである。
『彼らは廃馬を撃つ』（１９３５）の作者、ホレス・マッコイはいくつかの可能性を秘めたテーマを持っている。ハリウッドで飢えて堕落していく、映画にとりつかれた男女の惨めな状況。そして、『彼らは廃馬を撃つ』は大恐慌初期の不気味な現象の一つだったダンス・マラソンを描写していて、一読の価値がある」

ウィルスンはマッコイの小説に見られる「人物描写の欠如、動機づけの欠如」を咎めるが、実はこの二つがのちにフランスの作家たちを引きつけたように思われる。『彼らは廃馬を撃つ』のシチュエーションはアルベール・カミュの『異邦人』に似ている。さらに、ウィルスンに言わせれば、ケインもマッコイも「ポエッツ・オヴ・ザ・タブロイド・マーダー」だった。煽情的な新聞に載る殺人事件を扱った詩人たちである。

マラソン・ダンスもタブロイド新聞をにぎわせたらしい。この競技は一九二〇年代の産物である。タイム・ライフ社が刊行した『アメリカの世紀』のなかの一冊『ラプソディ・イン・ブルー』にはその解説が出ている。一九二三年のニューヨーク・ワールド紙は、「これまで行われた馬鹿げたコンテストのなかでも、ダンス・マラソンほど馬鹿げたものはない」と評したそうだ。マラソン・ダンスはダンス・マラソンともいう。この奇妙なコンテストは、どのカップルが一番長く踊りつづけるかというより、一番長く生き残れるかを争うものだった。アメリカ全土の男女が蓄音機《ヴィクトローラ》や三流四流の小さなバンドが演奏するフォックス・トロットのリズムに乗って、ふらふらになりながら踊ったのである。ワールド紙はつぎのように報じた。

「可愛い娘がくたくたになっているのは興醒めだ。よれよれの化粧着をまとい、薄汚れた白いストッキングをすりへったフェルト靴まで巻きおろし、目をなかば閉じて、腕をだらしなく相手の腕にかけ、痛む足をひきずって、いまにも倒れんばかりにステップを踏みつづけている」

賞金が数千ドルということもあって、ダンサーたちの狂態を見ようと人が集まってきた。ダンサーたちのあいだでは、ずいぶん汚いことも行われたようだ。パートナーを眠らせまいとして、足で蹴ったり、手で叩いたり、気つけ薬をかがせたり、氷嚢をあてたりした。勝つためには手段を選ばず、ライバルの飲物に睡眠薬や下剤を入れたりした。

一九三〇年、シカゴでは百十九日間もつづいたマラソン・ダンスがあったという。まさにサヴァイヴァル・ゲームである。痛む足でふらふらになりながら、一週間も踊っていると、奇怪な行動をとるダンサーも現われた。パートナーを憎み、彼の顔を見ただけで悲鳴をあげる女も出てきた。ニューヨークでは、ある男が自分の財布は狙われているという妄想にとりつかれ、いもしない犯人を追いかけて、会場を抜けだしたばかりに失格した。

マラソン・ダンスを生き抜いた一人に、ピッツバーグ〈ヘラクレス〉プロミティスという女がいる。彼女はプロボクサーが両手を酢漬けにするのにならって、一九二八年のマディスン・スクエア・ガーデン・マラソンでは、競技がはじまる三週間前から、両足を塩水と酢に漬けておいた。これがうまくいって、三週間後、ニューヨークの衛生委員がこのコンテストを中止させたとき、彼女の足はまったく痛みを感じなかった。

山岸久夫氏の王国社からこの拙訳を出すにあたり、旧文庫版に全面的に手を入れた。ほとんど改訳に近い。

王国社とはこれで五冊目のおつきあいである。末長いおつきあいを願っているので、マッコイの一冊を王国社の出版目録に加えてもらうことができて、うれしくもあり有難くもある。山岸さんとのつきあいもまもなく十年になる。ここであらためて山岸さんにお礼を申し上げたい。

一九八八年七月

常盤新平

ホレス・マッコイ著作リスト

長篇小説

They Shoot Horses, Don't They? (1935)『彼らは廃馬を撃つ』(本書)
No Pockets in a Shroud (1937)
I Should Have Stayed Home (1938)
Kiss Tomorrow Goodbye (1948)『明日に別れの接吻を』小林宏明訳(ハヤカワ・ミステリ文庫、1981)
Scalpel (1952)
Corruption City (1959)

映画脚本

I Should Have Stayed Home (1978) ※Bruce S. Kupelnick編

邦訳短篇

「マーダー・イン・エラー」Murder in Error　小鷹信光訳、『ミステリマガジン』(早川書房)

１９７２年6月号掲載
「グランドスタンド・コンプレックス」The Grandstand Complex　小泉徹訳、『ミステリマガジン』（早川書房）１９７３年10月号掲載
「テキサスを駆ける翼」Wings Over Texas　佐和誠訳、『ミステリマガジン』（早川書房）１９７７年10月号掲載
「ハリウッドに死す」Death in Hollywood　名和立行訳、『ＥＱ』（光文社）１９７８年5月号掲載
「黒い手帳」The Little Black Book　村山汎訳、『ブラック・マスクの世界1』（小鷹信光編、国書刊行会、１９８６）所収

本書は一九七〇年に角川文庫、一九八八年に王国社から刊行されたホレス・マッコイ『彼らは廃馬を撃つ』（常盤新平訳）の復刊です。
なお、本書中には今日の人権意識に照らして不適切と思われる語句を含む文章もありますが、作品の時代的背景にかんがみ、また文学作品の原文を尊重する立場から、そのままとしました。

――編集部

著者紹介
ホレス・マッコイ　Horace McCoy
1897年、テネシー州ペグラムに生まれる。十代から様々な職を転々とし、第一次大戦では陸軍航空隊員として従軍。戦後は新聞記者、スポーツライターの傍らパルプ雑誌に小説を執筆、ダラス小劇場の設立にも関わった。1931年、ハリウッドに移住、映画の端役、季節農場労働者、マラソン・ダンスの用心棒などで糊口をしのぎ、その経験に基づく小説『彼らは廃馬を撃つ』(1935)、『屍衣にポケットはない』(37)などを発表。フランスで高い評価を獲得すると、本国アメリカでも脚光を浴びる。映画脚本を多数手がけ、自作『明日に別れの接吻を』(48)も映画化された。1955年に心臓発作で死去。1969年に『彼らは廃馬を撃つ』がシドニー・ポラックにより映画化された(邦題《ひとりぼっちの青春》)。

訳者略歴
常盤新平（ときわ・しんぺい）
1931年岩手県水沢市（現・奥州市）に生まれる。早稲田大学大学院修了。早川書房に入社、《エラリー・クイーンズ・ミステリ・マガジン》編集長を務めた。退社後、翻訳家・エッセイスト・小説家として活躍。『遠いアメリカ』（講談社、1986）で第96回直木賞受賞。著書に『「ニューヨーカー」の時代』『山の上ホテル物語』『たまかな暮し』（以上白水社）、『明日の友を数えれば』（幻戯書房）、訳書にアーウィン・ショー『夏服を着た女たち』（講談社）、カール・バーンスタイン＆ボブ・ウッドワード『大統領の陰謀』（文藝春秋）、ブレンダン・ギル『「ニューヨーカー」物語』（新潮社）他多数。2013年没。

編集＝藤原編集室

本書は1988年に王国社より刊行された。

白水uブックス　200

彼らは廃馬を撃つ

著　者　ホレス・マッコイ
訳者©　常盤新平
発行者　及川直志
発行所　株式会社 白水社
東京都千代田区神田小川町 3-24
振替　00190-5-33228　〒 101-0052
電話（03）3291-7811（営業部）
（03）3291-7821（編集部）
http://www.hakusuisha.co.jp

2015年4月25日印刷
2015年5月20日発行
本文印刷　株式会社精興社
表紙印刷　三陽クリエイティヴ
製　　本　加瀬製本
Printed in Japan

ISBN978-4-560-07200-4

乱丁・落丁本は送料小社負担にてお取り替えいたします。

白水uブックス

- u147 ヘス／金原瑞人訳 **イルカの歌**（アメリカ）
- u148 クレイス／渡辺佐智江訳 **死んでいる**（イギリス）
- u149 ルッス／柴野均訳 **戦場の一年**（イタリア）
- u151 セプルベダ／河野万里子訳 **カモメに飛ぶことを教えた猫**（チリ）

カフカ・コレクション 全8冊

- u152〜u159 池内紀訳
- u160 ウィーラン／代田亜香子訳 **家なき鳥**（アメリカ）
- u161 ペナック／末松氷海子訳 **片目のオオカミ**（フランス）
- u162 ペナック／中井珠子訳 **カモ少年と謎のペンフレンド**（フランス）
- u163 ペロー／ドレ挿画／今野一雄訳 **ペローの昔ばなし**（フランス）

初版グリム童話集 全5巻

- u164〜u168 吉原高志・吉原素子訳
- u169 バリッコ／鈴木昭裕訳 **絹**（イタリア）
- u170 バリッコ／草皆伸子訳 **海の上のピアニスト**（イタリア）
- u171 ミルハウザー／柴田元幸訳 **マーティン・ドレスラーの夢**（アメリカ）
- u172 ベイカー／岸本佐知子訳 **ノリーのおわらない物語**（アメリカ）
- u173 ユアグロー／柴田元幸訳 **セックスの哀しみ**（アメリカ）
- u174 デイヴィス／岸本佐知子訳 **ほとんど記憶のない女**（アメリカ）
- u175 ウィンターソン／岸本佐知子訳 **灯台守の話**（イギリス）
- u176 ウィンターソン／岸本佐知子訳 **オレンジだけが果物じゃない**（イギリス）
- u177 u178 ギンズブルグ／須賀敦子訳 **マンゾーニ家の人々** 上・下（イタリア）
- u179 ミルハウザー／柴田元幸訳 **ナイフ投げ師**（アメリカ）
- u180 トマ／飛幡祐規訳 **王妃に別れをつげて**（フランス）
- u181 シュヴァリエ／木下哲夫訳 **貴婦人と一角獣**（イギリス）
- u182 マンガレリ／田久保麻理訳 **おわりの雪**（フランス）
- u183 ベケット／安堂信也、高橋康也訳 **ゴドーを待ちながら**（フランス）
- u184 ボーヴ／渋谷豊訳 **ぼくのともだち**（フランス）
- u185 ロッジ／高儀進訳 **交換教授**—二つのキャンパスの物語（改訳）（イギリス）
- u186 ディネセン／横山貞子訳 **ピサへの道 七つのゴシック物語1**（デンマーク）
- u187 ディネセン／横山貞子訳 **夢みる人びと 七つのゴシック物語2**（デンマーク）
- u188 オブライエン／大澤正佳訳 **第三の警官**（アイルランド）
- u189 クーヴァー／越川芳明訳 **ユニヴァーサル野球協会**（アメリカ）
- u190 マイリンク／今村孝訳 **ゴーレム**（オーストリア）
- u191 ディケンズ／小池滋訳 **エドウィン・ドルードの謎**（イギリス）
- u192 キージー／岩元巌訳 **カッコーの巣の上で**（アメリカ）
- u193 チャトウィン／池内紀訳 **ウッツ男爵**—ある蒐集家の物語（イギリス）
- u194 オブライエン／大澤正佳訳 **スウィム・トゥー・バーズにて**（アイルランド）
- u195 クリストフ／堀茂樹訳 **文盲**—アゴタ・クリストフ自伝（ハンガリー）
- u196 ウォー／吉田健一訳 **ピンフォールドの試練**（イギリス）
- u197 モディアノ／野村圭介訳 **ある青春**（フランス）
- u198 クビーン／吉村博次、土肥美夫訳 **裏面**—ある幻想的な物語（ドイツ）
- u199 サキ／和爾桃子訳 **クローヴィス物語**（イギリス）

スウィム・トゥー・バーズにて

フラン・オブライエン
大澤正佳訳

のらくら者の主人公が執筆中の小説の主人公もまた作家であり、彼が作中で創造した人物たちはやがて作者の意思に逆らって勝手に動き始める。実験小説と奇想が交錯する豊饒な文学空間。

ピンフォールドの試練

イーヴリン・ウォー
吉田健一訳

転地療養の船旅に出た作家ピンフォールドは、出所不明の騒々しい音楽や怪しげな会話に悩まされる。次々に攻撃や悪戯を仕掛ける幻の声と対峙する小説家の苦闘を描く異色ユーモア小説。

ある青春

パトリック・モディアノ
野村圭介訳

さようなら、シトロエンDS19！ パリのサン・ラザール駅で出会った恋人同士は、十代最後の日々、夢を追いつつ「大人の事情」に転がされていたが……。ノーベル文学賞作家による青春小説。

裏面 ある幻想的な物語

アルフレート・クビーン
吉村博次、土肥美夫訳

大富豪パテラが中央アジアに建設した〈夢の国〉に招かれた画家夫妻は、奇妙な都に住む奇妙な人々と出会う。やがて次々に街を襲う恐るべき災厄とグロテスクな終末の地獄図。挿絵多数。

クローヴィス物語

サキ
和爾桃子訳

皮肉屋で悪戯好きの青年クローヴィスが引き起こす騒動の数々。辛辣なユーモアと意外性に満ちた〝短篇の名手〟サキの代表的作品集を初の完訳。エドワード・ゴーリーの挿絵を収録。